BIONICLE®

CRÓNICAS #1

La leyenda de los Toa

C.A. Hapka

nowtilus

Colección: BIONICLE®
www.nowtilus.com
www.LIBROSBIONICLE.com

Título: *La leyenda de los Toa*
Título original: *Tale of the Toa*
Autor: © C.A. Hapka
Traducción: Diana Villanueva Romero para Grupo ROS

Copyright de la presente edición © 2006 Ediciones Nowtilus, S.L.
Doña Juana I de Castilla 44, 3º C, 28027 Madrid

Editor: Santos Rodríguez
Responsable editorial: Teresa Escarpenter

Coordinación editorial: Alejandra Suárez Sánchez de León
Realización de cubiertas: Jorge Morgado para Grupo ROS
Diseño de interiores y maquetación: Grupo ROS
Producción: Grupo ROS (www.rosmultimedia.com)

ISBN: 84-9763-258-3
EAN: 97884-9763-258-4
Depósito legal: M. 5.245-2006
Fecha de edición: Febrero 2006

Printed in Spain
Imprime: Fareso S.A.

La leyenda de Mata Nui

En un tiempo anterior al tiempo, el Gran Espíritu descendió del cielo, trayéndonos con él, a nosotros, los Matoran, hasta este paraíso. Nos encontrábamos desunidos y sin designio, así que el Gran Espíritu nos iluminó con las tres virtudes: Unidad, Deber y Destino. Nosotros abrazamos estos dones y agradecidos dimos a nuestra isla el nombre de Mata Nui pues así se llama el Gran Espíritu. Pero nuestra felicidad no duraría pues el hermano de Mata Nui, Makuta, sintió envidia de esos honores y lo traicionó lanzando un conjuro sobre Mata Nui que quedó sumido en un profundo sueño. El poder de Makuta se adueñó de la tierra, los campos se hicieron yermos, la luz del sol se apagó y los antiguos valores fueron olvidados.

Sin embargo, atisbábamos un hilo de esperanza. Según las leyendas, seis héroes poderosos, los Toa, llegarían para liberar a Mata Nui. El tiempo revelaría que no se trataba de simples mitos, ya que los Toa aparecerían en las orillas de la isla. Llegaron faltos de recuerdos, sin conocerse entre ellos, pero prometieron defender a Mata Nui y a su gente contra las sombras. Tahu, Toa del Fuego. Onua, Toa de la Tierra. Gali, Toa del Agua. Lewa, Toa del Aire. Pohatu, Toa de la Piedra. Y Kopaka, Toa del Hielo. Grandes guerreros con un inmenso poder que emanaba de los elementos. Seis héroes con un único destino: derrotar a Makuta y salvar a Mata Nui.

Esta es su historia.

TAHU, TOA DE FUEGO

Una playa. Permanecía de pie sobre una amplia lengua de arena que descendía suavemente hasta confundirse con el mar.

Al contemplar el océano, veía como las olas rompían sobre un arrecife de coral. Más allá no se descubría más que agua extendiéndose infinita hasta el horizonte.

¿Dónde estoy?, pensó; su mente era una maraña de sueños y recuerdos. *¿QUIÉN soy?*

…Tahu…

La palabra —¿un nombre?— se dibujaba en su mente. Parecía coincidir, tener sentido de alguna forma, pero poco más lo tenía.

Tahu sacudió la cabeza desesperado. ¿Por qué no podía acordarse de más cosas? ¿Cómo había llegado a ese lugar y por qué?

Dirigió la mirada hacia el reluciente bote que le había traído. Cerca de él, esparcidas sobre la arena, vio varias piezas de color rojo. Entre ellas había dos hojas afiladas que semejaban llamas crepitantes. Ambas encajaban a la perfección en una espada cuya empuñadura se ajustaba con la mayor naturalidad a la forma de su mano. Pero al blandirla le resultó incómoda y pesada.

Frunció el ceño.

—Inútil pedazo de metal —masculló mientras hundía la hoja en la arena.

Entonces descubrió la máscara. Sus cuencas huecas le miraban al tiempo que la luz del sol parecía concederle vida entre sus manos. Respirando profundamente, Tahu se llevó la máscara a la cara.

Una descarga de un poder inmenso le recorrió el cuerpo. ¡Sí! ¡Esto estaba mejor!

Tahu agarró la espada de llamas y la levantó. Esta vez, para su sorpresa, la hoja brillaba con un fuego abrasador. Al blandirla se oyó un sonido sibilante que dejó una estela de chispas que quedaron flotando en el aire.

—¡Sí! —profirió Tahu con cierta satisfacción—. Ya tenemos algo.

Pero, ¿era realmente cierto? Dejó caer la espada a un lado, angustiado por la desesperación. ¿Por qué estaba allí? ¿Qué se esperaba de él?

—¿Por qué NO PUEDO RECORDAR? —bramó haciendo girar la espada sobre su cabeza.

Un haz de encendida energía salió despedido atravesando el cielo como salido de las entrañas de un volcán. Una lluvia de brasas ardientes caía sobre la playa, pero Tahu no sentía su calor.

Poder…tengo este poder, se repitió admirado. *El poder del fuego. Del calor y de las llamas. Pero, ¿de dónde procede? ¿Para qué sirve?*

Más interrogantes y aún ni una sola respuesta. No saber qué ocurría le llenaba de frustración y de rabia. Le empujaba a plantarle cara con su espada a la tierra, al cielo, a la playa…, al mundo entero. Era tentador, muy tentador. Dejarse perder en el caos, arremeter contra todo sin pensar en el pasado, el futuro, en nada en absoluto.

Tahu volvió a respirar hondo. No. No podía permitírselo. De alguna forma sabía que debía ser así, tal y como sabía su nombre.

Vale, está bien, se dijo. *Las dudas desaparecerán. Al menos…eso espero.*

LEWA, TOA DEL AIRE

—Esta rama aguantará, espero —murmuró para sí la figura verde brillante, estirándose para alcanzar una gruesa liana que colgaba delante de él. Echó un vistazo al cañón que se adivinaba bajo sus pies, sacudió la cabeza al tiempo que una mueca de espanto se dibujaba en sus labios—. No lo pienses más, simplemente ¡hazlo!

Tras lo cual saltó de la rama suspendida sobre el cañón. Se balanceó hasta la mitad y después se dejó llevar. El impulso le guió y saltó sobre el desfiladero describiendo un hermoso arco.

No dejaba de reír encantado mientras aterrizaba limpiamente en un árbol cercano.

—Ha sido divertido —exclamó.

Había dudado de poder dar semejante salto. Pero ahora al menos sabía una cosa: ¡el aire era su amigo!

No es que supiera mucho más. Sabía que su nombre era Lewa o al menos eso creía. Le gustaba el nombre, sonaba fuerte y misterioso.

Lewa, rey del misterio y sabelonada, divagó sonriente. *¡Ese soy yo!*

Se miró, miró sus fuertes miembros del color de la selva. En una mano llevaba una hoja parecida a un hacha, ideal para abrirse paso entre la tupida maleza o el enmarañado follaje. Aunque no lo podía ver, sabía que su máscara verde brillante adquiría una forma aerodinámica muy adecuada para ir por el aire.

Su sonrisa se desvaneció a medida que su mente regresó a los sueños. ¿Eran simplemente eso? ¿Sueños? Eso esperaba, porque habían sido tan oscuros y caóticos que daban miedo.

—No importa —dijo entre dientes—. Se acabó pensar en negro. Toca encontrar respuestas.

Lewa había sentido el poder de atracción que ejercía la exótica y perfumada selva sobre él. Ahora que estaba aquí se sentía como en casa.

Tras sobrepasar un gran grupo de árboles Volo, Lewa se posó de un salto sobre una fina rama. El movimiento hizo caer algo de un nido lleno de plumas y diminutos palitos que estaba situado algo más allá.

Emitió un alarido de desolación al darse cuenta de que acababa de lanzar fuera de su nido a una cría de Taku. Sin pensárselo, estiró un brazo hacia arriba en la dirección del pollito que caía.

—¡Ahí va! —gritó.

Por un momento pensó que la cría de pájaro volaba. Pero la verdad era otra.

No, no volaba, el viento se había hecho con él y lo mantenía a flote.

Después de saltar a una rama que estaba próxima, Lewa se estiró y tomó suavemente al pollito entre sus manos. Lo colocó cuidadosamente de vuelta en su nido.

—Vaya, ¿qué extraña suerte fue ésta? —murmuró—. O, o… ¿acaso no lo fue?

Llevado por un impulso repentino, extendió el brazo hacia arriba. Una vez más, una rápida ráfaga de viento ascendió empujando un remolino de hojas.

—¡Fui yo! —Lewa respiró admirado—. Lo hice yo. ¡El viento me responde!

ONUA, TOA DE LA TIERRA

Excavar, extraer, arañar, empujar. Excavar, extraer, arañar, empujar.

Aquel confortable ritmo hacía las delicias de Onua mientras abría un nuevo túnel. Se sentía feliz de poder estar bajo tierra.

Pero a pesar de todo, todavía había algo que le turbaba. Excepto su nombre, no sabía quién era ni dónde estaba. Y no podía evitar tener la sensación de que le faltaba algo, un trozo de sí mismo.

Aún así intentó dejar a un lado esta preocupación. No tenía sentido gastar energías inquietándose por algo que escapaba a su control. Todo lo que podía hacer era centrarse en lo que dependía de él, su excavación sin ir más lejos.

Onua hundió su enorme mano a través de una sección rocosa de la pared del túnel. Topó con aire en lugar de con tierra y roca. Interesante.

Después de empujar un montón de piedras y arcilla, Onua se encontró en una gran caverna. En el centro había una torre de roca acabada en una plataforma consistente en una piedra lisa. Sobre ella, resplandecía una piedra luminosa.

De manera que hay otros bajo tierra, caviló Onua. *Quizá ellos puedan ofrecerme alguna respuesta.*

Avistó un túnel en la pared del fondo de la caverna y lo siguió.

Tras doblar una esquina no pudo más que quedarse asombrado al ver una figura que le era familiar en el centro de un gran mural.

—¿Ese soy…yo? —susurró, acercándose para tocar la imagen. Retrataba un personaje de aspecto poderoso con una máscara en forma de cuña y unas grandes manos provistas de garras. La figura estaba de pie en medio de otras cinco figuras similares.

Cuando Onua tocó las líneas del relieve, sintió que el muro le devolvía una extraña vibración. Dando un paso adelante, apoyó su cabeza sobre él para poder escuchar atentamente.

Zunka zunka zunka zunka zunka…

Era un ritmo constante. Onua no tenía ni idea de lo que significaba, pero decidió averiguarlo.

Después de mirar por última vez su retrato, se volvió y continuó avanzando por el túnel sin quitar una mano de la pared para poder seguir las vibraciones.

El son se hizo cada vez más fuerte y al doblar la siguiente esquina del túnel, Onua encontró lo que estaba buscando. Otra caverna enorme iluminada por más plataformas de piedras luminosas se abría delante de él. Docenas de columnas de piedra se prolongaban hasta llegar al techo. Entre estas columnas había sendas construidas a base de adoquines colocados sobre el suelo de tierra. Bancos de piedra se repartían a ambos lados de los caminos y un arroyuelo de agua clara discurría atravesando la caverna.

Debe tratarse de una especie de parque, pensó Onua. *Pero... ¿aquí abajo? ¿Por qué...y cómo?*

Al adelantarse vio que el arroyito desembocaba en un estanque redondo y de aguas tranquilas dibujado su contorno por algunos guijarros. En el centro, unas piedras semipreciosas de un color marrón rojizo repetían una palabra.

ONU-KORO

Onu-Koro, ¿qué significaba? ¿Qué clase de conexión tenía con su nombre?

Antes de que tuviera tiempo de pensarlo, Onua descubrió una figura diminuta que atravesaba presurosa el parque.

Onua dio un salto hacia delante.

—¡Eh tú, él de ahí! —gritó—. ¡Hola!

La figura se volvió a mirarle deteniéndose súbitamente.

—Oh, oh.

Onua arrugó el ceño. Quizá este ser no hablaba su misma lengua. Se aclaró la garganta.

—Ho-la —dijo tan despacio y tan claro como pudo—. Yo, Onua—. Puso una mano sobre su pecho y después apuntó hacia el otro—. ¿Quién-eres? ¿Me-entiendes?

—¡Oh, sí! —respondió el pequeño personaje, doblándose hacia delante en una especie de reverencia acelerada—. ¡Oh, Toa Onua, os hemos esperado durante tanto tiempo! Venga, por favor. Turaga Whenua deseará verle cuanto antes.

Confuso, Onua le siguió.

—Conoces mi nombre —dijo—. Pero yo no sé el tuyo.

—¡Oh! Disculpe mi falta de educación, Toa. Mi nombre es Onepu. Soy un Matoran de la aldea de Onu-Koro.

Onepu le guió a través de una serie de túneles y cavernas. Pronto penetraron en otra gran cueva. A lo largo de cada muro se extendía una serie de habitáculos excavados que llegaban casi hasta el techo.

—Toa por favor, espera aquí —dijo Onepu, señalando con un gesto un enorme banco de piedra situado cerca de una fuente—. Iré a buscar a los Turaga.

Onua asintió y el Matoran partió presto. Onua aprovechó la oportunidad para mirar a su alrededor. En el centro de la cueva había una fuente llena de agua cristalina. Una escultura se erigía en medio del estanque expulsando agua por varios surtidores.

Onua pestañeó. ¿Se estaba volviendo loco o esa escultura se parecía extraordinariamente a él?

Todavía estaba observando la fuente cuando oyó algo detrás de él. Al darse la vuelta vio una figura muy parecida a Onepu, pero un poco más alta y con una máscara diferente. Los ojos que se adivinaban detrás de aquella máscara revelaban paciencia, prudencia y una gran sabiduría.

—Soy Whenua, Turaga de esta aldea —dijo el desconocido, efectuando al tiempo una reverencia—. Bienvenido seas, Toa Onua. Te esperábamos.

—Sí, eso he oído —respondió Onua—. Y yo he estado esperando tener alguna noticia sobre quién soy y qué estoy haciendo aquí.

—Las leyendas cuentan que ocurriría de esta manera —aseguró Whenua—. Se dice que sería muy poco lo que los Toa recordarían al llegar.

—Has dicho «los Toa» —exclamó Onua—. ¿Es que…hay otros como yo?

Whenua asintió.

—Hay otros cinco —respondió—. Cada uno de vosotros toma su poder de un elemento diferente, el tuyo es la tierra. Tu deber es usar ese poder para enfrentarte y luchar contra un poderoso mal, Makuta.

Aunque Onua no estaba muy seguro del porqué, el nombre le produjo un escalofrío que le recorrió todo el cuerpo. Una imagen circulaba en su mente: unos ojos oscuros y carentes de toda expresión en un rostro aún más oscuro si cabe envuelto en un humo gris.

—¿Makuta? —repitió Onua mientras la imagen se desvanecía—. ¿Quién es o qué es Makuta?

—Es la oscuridad, la esencia del caos, de la nada y del terror, el espíritu de la destrucción—respondió Whenua con voz temblorosa—. Se dice que sólo los Toa tienen el poder de enfrentarse a él.

—¿Se dice? —preguntó Onua—. No pareces muy seguro de nuestro triunfo.

Whenua negó con la cabeza tristemente.

—No vale de nada mentir, ya que la tierra no tolera la falsedad —aseveró—. Nada se sabe a ciencia cierta de vuestra empresa, salvo que a vosotros os corresponde intentarlo. Que es todo lo que cualquiera de nosotros puede hacer en esta vida.

—Haré cuanto esté en mi mano —prometió solemnemente—. Pero primero, debes contarme todo lo que sepas de esos poderes que dices que tengo.

—No podía ser menos, Toa. Ese es *mi* deber. Primeramente has de saber que el poder procede de tu interior, pero que se focaliza a través de tu máscara, la Pakari, la Gran Máscara de la Fuerza.

—¿Mi…mi máscara? —Onua se llevó una mano a la cara y recordó el estallido de fuerza y de poder que sintió al ponérsela por primera vez.

Whenua asintió apesadumbrado.

—La Pakari te otorga poder, un poder inmenso —confesó—. Pero una sola máscara no será suficiente…

GALI, TOA DEL AGUA

Las aguas la levantaron, llevándola a través de una suave corriente de calor. No sabía quién era ni dónde estaba, pero estaba segura de pertenecer a esta calma serena del azul del mar. Aquella quizá era la única cosa que sabía a ciencia cierta.

Eso y su nombre: Gali

Pero no puedo quedarme aquí flotando para siempre, se dijo a sí misma. *Tengo cosas que hacer. Si al menos supiera qué…*

No tenía ningún recuerdo claro, sólo confusión, fragmentos de pensamientos y de imágenes en los que se mezclaba una sensación de urgencia y desasosiego con una paz absoluta. Por ejemplo, uno en el que aparecía un mar interminable de aguas tranquilas que rodeaba una isla, abrazándola y curándola…

Gali pataleó velozmente hacia delante con sus pies en forma de aleta. Sus brazos como ganchos cortaban el agua y los afilados bordes de su máscara azul enviaban ondas de burbujas a los lados mientras nadaba. El mar estaba lleno de vida, pero Gali se sentía curiosamente sola.

A medida que nadaba sintió un temblor escalofriante que radiaba del agua. Una anguila de color brillante la pasó a toda prisa. Varios bancos de peces la seguían.

Gali se detuvo y miró en la dirección de donde venían las criaturas. ¿Qué las había asustado?

Más peces la pasaron presas del pánico junto con varios cangrejos y caracoles e incluso un pequeño tiburón. Gali siguió avanzando contra la corriente de criaturas marinas fugitivas.

Un arrecife de coral le impedía ver lo que estaba más allá. A medida que lo rodeaba, Gali descubrió una criatura gigante que se aproximaba a gran velocidad hacia ella. El agua se arremolinaba entorno a su feroz hocico y sus brazos largos y poderosos le impulsaban hacia Gali más y más rápido.

Gali dio un grito ahogado. No tenía ni idea de qué podía ser el monstruo, pero podía ver por qué las demás criaturas habían huido. El depredador portaba una máscara fea, con un aspecto deslucido sobre su cara triangular, y sus ojos de color rojo brillante resultaban despiadados y salvajes.

No quedaba ya tiempo para escapar nadando del alcance de la enorme criatura, estaba ya demasiado cerca. Durante una fracción de segundo Gali pensó en utilizar el arrecife de coral como protección. Pero no podía soportar la idea de ver a la criatura chocando con las delicadas estructuras, destruyendo el coral vivo.

Gali dejó que sus instintos se apoderaran de ella. Apartándose del coral, se lanzó como una bala a través del agua. Entonces apuntó hacia la superficie, la atravesó y extendió los brazos, sin estar segura de por qué lo estaba haciendo.

Sintió que las aguas se juntaban y respondían a su llamada. A medida que la criatura marina gigante salía a la superficie a una corta distancia, una enorme ola se formó alrededor de ella. Su tenaz perseguidor saltó hacia delante, pero la ola de la marea impulsó a Gali hacia la orilla. Gali sonreía a medida que el agua la ponía a salvo. *Así que esto es lo que se supone que tengo que hacer*, pensó. *Estoy aquí para gobernar los mares. Pero, ¿con qué propósito?*

Unos pocos minutos más tarde ya en la playa y fuera del oleaje, Gali intentaba secarse. Permaneció

POHATU, TOA DE LA PIEDRA

Pohatu volvió la cabeza para mirar. En el muro que rodeaba la aldea de Po-Koro, docenas de Matoran se agolpaban para verle marchar. Pohatu sonreía defendiéndose con una mano del deslumbrante sol y diciendo adiós con la otra. Los aldeanos respondían con vítores.

—Ha sido una visita interesante —se dijo Pohatu en voz alta a la vez que se giraba—. No todos los días descubres que eres el Toa de la Piedra.

Por poco se tropieza con una piedra que sobresalía en el camino. Al mirar hacia abajo, distinguió tres palabras que se dibujaban sobre los adoquines bajo sus pies:

UNIDAD
DEBER
DESTINO

—Mmm, ¿dónde he oído yo esas palabras antes? —murmuró Pohatu dejando escapar una sutil risita. El Turaga de Po-Koro le había contado muchas cosas, la extraña y oscura historia de esta isla de Mata Nui, las misteriosas máscaras que estaban escondidas por toda la isla, y lo mejor de todo, que había cinco Toas más con poderes tan fuertes como los suyos.

A medida que el anciano de la isla hablaba, tres habían sido las palabras repetidas: unidad, deber, destino. Estos tres conceptos le habían dado a los Matoran un propósito, algo por lo que luchar siempre.

Ahora era el momento de ver el resto de la isla.

Turaga Onewa dijo que esta máscara que llevo es la Kanohi Kakama, la Gran Máscara de la Velocidad, pensó Pohatu. *Quizá sea el momento de ponerla a prueba.*

Dudó, preguntándose si era prudente experimentar con sus poderes sabiendo todavía tan poco sobre cómo funcionaban.

Pero, ¿qué era lo peor que podía pasar? Pohatu concentró sus energías, dirigió su vista hacia lo alto del Monte Ihu y corrió.

El paisaje desértico se convirtió en una mancha borrosa de color amarillento cuyos detalles se difuminaron debido a la vertiginosa velocidad del Toa. Pasado un momento aquella mancha amarillenta adquirió una tonalidad ocre adornada de destellos verdes, y a continuación palideció nuevamente hasta que todo lo que Pohatu pudo ver a su alrededor se hizo blanco.

Disminuyó la marcha para pararse. Estaba de pie sobre un montón de nieve que daba a un lago helado. Las empinadas laderas heladas del Monte Ihu se elevaban sobre él.

—Impresionante —pronunció casi sin aliento, dibujando una sonrisa tras su máscara—. ¡A eso le llamo yo velocidad!

Dejando a un lado el lago glacial, comenzó a subir por la montaña. Los Turaga le habían revelado que el templo principal, el Kini-Nui, estaba en el centro exacto de la isla en el lado más remoto del Monte Ihu. Parecía un lugar tan bueno como cualquier otro para buscar a los demás Toa.

Al volverse para comprobar su progreso, alcanzó a ver un movimiento en la lejanía. ¿Un pájaro?

—No puede ser a menos que en esta isla crezcan pájaros tremendamente grandes —susurró, mirando fijamente la figura de color blanco plateado que, dibujando un arco de nieve bajo sus pies, se deslizaba con gracilidad montaña abajo. No, sólo podía ser una cosa. ¡Otro Toa!

Su corazón latía con fuerza. Pohatu saltó por encima de las laderas, tomando velocidad, pero cuidándose de no ir demasiado deprisa. No quería pasarse su objetivo.

Al pasar por un valle estrecho perdió de vista su presa por unos minutos. Sin dejar de maldecir los montículos de nieve que en algunos lugares le llegaban hasta la cintura, miró hacia arriba. En lo alto del valle, un escarpado risco ocultaba la vista de las laderas más altas. Trepó hacia él, dejando por fin los montículos más grandes de nieve detrás. Sacudiéndose la nieve de encima, Pohatu contempló el precipicio que se extendía delante de él. Si había calculado bien la distancia, el otro Toa debía estar en la ladera nevada justo al otro lado.

—Es el momento de tomar un atajo —murmuró Pohatu—. No quiero que se me escape esquiando colina abajo. Además, también debería empezar a acostumbrarme a utilizar mi poder...

Respirando profundamente, arqueó la espalda y salió disparado.

KOPAKA - EL TOA DEL HIELO

Rrrrrr…rrrrr… ¡BAAAAANG!

Cuando el escarpado risco explotó la espada de hielo de Kopaka estaba ya preparada. Pero no hubo tiempo para esquivar los enormes pedruscos que llovían a su alrededor.

—¡Cuidado! —una voz clamó desde algún lugar de la tormenta de piedras.

Kopaka levantó su escudo, protegiéndose lo mejor que pudo. Al cesar la erupción de piedras, se encontró atrapado entre varios canchos gigantescos.

Al mirar arriba descubrió una figura aproximadamente de su mismo tamaño que le observaba apoyada en una de las enormes rocas. El extraño llevaba puesta una máscara de color bronce y en sus ojos se vislumbraba preocupación y un poco de vergüenza.

—Perdona —dijo el extraño—. Estaba practicando. ¿Te encuentras bien?

—Estaría mejor —respondió Kopaka con frialdad—, si no estuvieras encima de mí.

El desconocido retrocedió de un salto y después estiró los brazos.

—Deja que te ayude a salir.

Kopaka estaba ya enfilando con su hoja la roca más cercana. Le molestaba que la repentina aparición del desconocido le hubiera cogido por sorpresa. No volvería a cometer ese error.

— Gracias. No necesito ayuda—, sentenció.

Concentrando su energía, la canalizó través de su hoja. Un estremecimiento le recorrió a medida que las rocas que le rodeaban se congelaron volviéndose quebradizas y vítreas.

La otra figura no dejaba de observarla preocupada.

— Deja que lo haga —le instó mientras Kopaka levantaba su hoja de nuevo. — Será más rápido—.

Kopaka frunció el ceño, cansado ya de la charla insistente del extraño.

—¡He dicho que lo puedo hacer solo! —Apuntó hacia abajo y redujo la roca de hielo a pedazos, liberándose.

El desconocido pareció momentáneamente impresionado, después se encogió de hombros.

—Sííí, bueno, te falta uno —dijo, propinándole una patada a un peñasco que quedaba.

Kopaka pestañeó al ver que la enorme roca salía despedida hacia el horizonte. Quienquiera que fuera este extraño, era fuerte, increíblemente fuerte. Kopaka supuso que eso significaba que tenía que ser uno de los Toa que Turaga Nuju había mencionado.

Pero a Kopaka no le interesaba conocer otros Toa.

Alejándose del extraño, continuó su camino. Los Matoran le habían dicho que había una máscara en la cima de esa montaña, el Lugar de la Clarividencia lo habían llamado, y él decidido a encontrar esa máscara tan pronto como fuera posible.

Pero el desconocido no captó el mensaje.

—Eh —llamó— ¡Espera! ¿Eres un Toa? He estado buscándote, soy Pohatu, el Toa de la Piedra.

Kopaka dudó si responder, quizá si ignoraba a este inoportuno Pohatu, se marcharía. Pero no parecía muy probable.

—Kopaka —dijo bruscamente—. Hielo. Y si no te importa, estoy en medio de algo importante. Te veo más tarde.

Se dobló ligeramente hacia delante y sin esfuerzo alguno comenzó a deslizarse suavemente sobre el hielo. Pronto dejó atrás a Pohatu.

Pero resultó que no iba a librarse tan fácilmente del recién llegado.

—¡Espera! —volvió a llamar mientras marchaba colina arriba—. Escucha, tengo la sensación de que los dos estamos aquí por el mismo motivo. ¿Por qué no nos aliamos? Puede hacernos las cosas más fáciles.

—Trabajo solo.

—¿Por elección tuya? —interrogó Pohatu sin perder un segundo—. ¿O sólo porque no hay nadie que te aguante?

Kopaka no pudo contener una sonrisa. Este otro Toa era irritante y demasiado hablador, pero resultaba ocurrente y ciertamente era muy fuerte. Quizá pudiera resultar útil después de todo. Especialmente si se encontraban con otra de esas enormes y feroces criaturas que los Matoran llamaban Rahi…

—De acuerdo —dijo Kopaka después de un buen rato—. Acompáñame. Quizá necesite mover una montaña o levantar una isla.

Pohatu se rió entre dientes.

—Vale —dijo—. Y por casualidad, ¿adónde vamos? ¿Deberíamos empezar por buscar máscaras u otro Toa primero?

Kopaka señaló hacia la cumbre que se elevaba por encima de ellos. Y entonces se puso a caminar sin molestarse en mirar si Pohatu le seguía.

Unos pocos minutos más tarde los dos estaban de pie en la cima de la montaña. Kopaka divisó inmediatamente una máscara que yacía sobre la nieve.

Pohatu la vio también.

—Buen trabajo, hermano —comentó—. Adelante, ve a recoger tu recompensa.

Kopaka asintió. La nueva Kanohi parecía gris y sin vida tirada sobre la nieve. Aunque tenía la misma medida que su propia máscara su forma era diferente, una forma parecida a un casco con los ojos rasgados y tres líneas oblicuas en cada mejilla.

La Kanohi Hau, pensó Kopaka, recordando lo que Turaga le había dicho. *La Gran Máscara de la Protección*.

Kopaka se agachó para recoger la máscara. La contempló durante un momento, después cuidadosamente la colocó sobre su máscara. Inmediatamente, un extraño sentimiento le angustió. Como si un colchón de fuerza le rodeara, protegiéndole de todo mal.

Pero, ¿qué pasaba con el resto de sus poderes? ¿Les afectaría de alguna forma esta máscara? Kopaka invocó el poder de su máscara original que le concedía la habilidad de ver a través de la piedra y de la nieve. Mirando hacia el suelo, vio la gélida nieve…y debajo de ella, una capa de roca atravesada por vetas de minerales.

—Todavía me acompañan los poderes de la Máscara de la Visión. —Se sentía satisfecho.

A medida que volvía su vista hacia el sur, su visión de rayos-x atravesaba varios riscos escarpados descubriendo varios puntos de color mucho más abajo, al pie de las colinas. Entonces suspiró. Por un momento estuvo tentado de darse la vuelta haciendo caso omiso de lo que había visto. Pero se dio cuenta de que más le valía enfrentarse con lo inevitable.

—Tenemos que marcharnos —le dijo a Pohatu de manera abrupta, rechazando la idea de lo que estaba por venir pero sabiendo que no había manera de evitarlo—. Ahora.

—¿Por qué?

—Sin preguntas. —Kopaka estaba cansado de tanta conversación.— Tú sólo sígueme.

Los dos avanzaron montaña abajo, Pohatu patinando y resbalándose por las heladas laderas. Kopaka se forzaba por moverse despacio para que el otro Toa le pudiera seguir.

Estaban a mitad de camino cuando se oyó un estruendo que estremeció la tierra procedente de algún lugar cercano.

—Uh-oh —exclamó Pohatu—. No me gusta el sonido de eso.

Antes de que Kopaka pudiera responder, una criatura colosal surgió a través de un banco de nieve a escasa distancia por debajo de donde ellos estaban, proyectando una lluvia de nieve y fragmentos de hielo. Kopaka se protegió los ojos, pero miraba con ellos entreabiertos a la enorme bestia que bufaba y resoplaba a medida que se deslizaba hasta pararse a poca distancia.

—¿Querías que nos encontráramos con esto? —gritó Pohatu desesperado.

—No —respondió Kopaka pesaroso.

La criatura parecía sacada de una pesadilla. Sus ojos enrojecidos brillaban con odio y escarbaba en el suelo nevado con sus pies que parecían pezuñas, mientras que no dejaba de resoplar. Dos cuernos idénticos le crecían enroscados a ambos lados de su prodigiosa cabeza.

—Mmm —dijo Pohatu—. ¿Te parece que este grandullón es un aliado o un enemigo?

Kopaka le miró, anonadado, después se dio cuenta de que el otro Toa estaba bromeando. Puso los ojos en blanco, para nada divertido.

—Vamos —dijo—. Creo que es mejor que…

En ese momento la horrorosa criatura dejó escapar otro estruendoso resoplido, y después arremetió contra ellos.

—¡…corramos! —Pohatu terminó de decir por él.

Los dos Toa se volvieron y salieron corriendo ladera abajo. Al menos Kopaka corría. Pohatu intentaba hacerlo pero se resbaló en el hielo y cayó esforzándose por no hacerlo justo delante de las pezuñas de la bestia.

Kopaka se detuvo al darse cuenta de que el otro Toa corría peligro. Un peligro grande que embestía y resoplaba. Entre suspiros, descendió por la ladera.

—¡No! Kopaka, ¡no!…es demasiado peligroso».

—No seas ridículo.

Kopaka agitó los brazos y gritó, intentado distraer al enemigo.

La criatura aminoró la marcha, dirigiendo la mirada de un Toa a otro, lleno de confusión. Entonces dio un resoplido y bramó y devolvió toda su atención al caído Pohatu, que estaba precisamente intentando ponerse de pie.

Es el momento de pasar al Plan B, pensó Kopaka, mirando alrededor en busca de inspiración. Estaban en un campo abierto que ofrecía pocos lugares donde ocultarse. A un lado, el suelo descendía repentinamente hacia un profundo y helado barranco. Kopaka se detuvo, su mente había llegado a una conclusión. Si pudiera hacer que la bestia cambiara de dirección…

Sólo había un problema, la criatura estaba casi encima de Pohatu. Dos saltos más y sus cuernos se clavarían en el pecho del otro Toa. No había tiempo para dar explicaciones.

Tendrá que salir sobre la marcha, se dijo a sí mismo Kopaka taciturno, mientras se alejaba cuidadosamente a medida que ganaba velocidad y se deslizaba colina abajo hacia el Toa caído. Si no lo consigue, bueno…

No tenía sentido preocuparse.

—No nos va nada en ello —musitó.

¡BUFIDO! La bestia dio otro salto hacia delante. Bajó la cabeza, dirigiendo sus cuernos directamente hacia Pohatu. Pohatu retrocedió un paso y estuvo a punto de caerse de nuevo al tropezar su pie con un trozo de hielo.

Mientras tanto, Kopaka se deslizaba hacia él cada vez a más velocidad. Estaba a punto de…

—¡Levanta la cabeza! —gritó—. ¡Abre los brazos!

Pohatu se le quedó mirando con cara de sorpresa, pero hizo como le había dicho.

Justo cuando la criatura arremetía contra Kopaka, resoplando con impaciencia, Kopaka pasó como una bala y agarró a Pohatu por el pecho.

—Ufff —gruñó Pohatu a medida que Kopaka le apartaba del camino de la bestia justo cuando embestía y hundía los cuernos en la nieve.

Kopaka se tambaleó y estuvo a punto de perder el equilibrio.

Tengo que enderezarme, pensó. *Si no nunca lo conseguiremos*. Detrás de él, podía todavía oír a la bestia rugiendo enfadada y arremetiendo contra ellos.

—¿A dónde vamos? —dijo Pohatu jadeando. Para alivio de Kopaka, el Toa de la Piedra estaba colgando relajado de sus brazos, no se resistía a su agarre ni intentaba liberarse.

Kopaka ni siquiera hubiera podido responder aunque hubiera querido. Estaba demasiado ocupado intentando hacer que sus pies le obedecieran, en un intento desesperado de controlar el ángulo de su veloz descenso colina abajo.

Funcionaba. A solo tres o cuatro metros del barranco, sus pies finalmente se asentaron con firmeza en posición vertical sobre la nieve helada. Se inclinó tan lentamente como pudo sin arrastrar las piernas de Pohatu por la nieve. No había vuelta atrás…

—¡Ey! —gritó Pohatu, mirando de repente hacia delante y descubriendo la inmensa sima justo delante de él—. ¿Qué vas a…ahhhhhhhh?

Kopaka contuvo la respiración al notar que sus pies abandonaban la superficie sólida y fría del hielo. Se agarró con fuerza a Pohatu mientras volaban a gran altura sobre el cañón.

Pohatu continuaba chillando, pero Kopaka siguió aguantando la respiración hasta que sintió que sus pies volvían a posarse al otro lado del desfiladero. Se tambaleó y se echó a un lado, permitiendo que él y Pohatu cayeran con la cara primero sobre la nieve.

—¿Qué…por qué hiciste eso? —Gritó Pohatu, escupiendo un montón de nieve—. ¡Hemos estado a punto de matarnos por tu culpa!

—Por eso mismo —Kopaka se había vuelto para mirar el barranco. Señaló y Pohatu se giró y pudo ver como la criatura bramante, que profería alaridos de rabia, descendía por el hielo y caía con la cabeza por delante de las pezuñas en la profundidad del abismo. Un furioso alarido llegó hasta sus oídos.

—Oh —Pohatu se quedó callado por un momento. Después sonrió sutilmente—. Er, gracias. Imagino que te debo una, hermano.

Kopaka asintió. Entonces se avanzó arrastrándose hasta llegar al barranco y miró hacia abajo. La bestia estaba todavía resoplando y luchando en el fondo, hundiendo sus pezuñas en el hielo mientras empezaba a ascender.

—Saldrá de ahí deprisa —observó Kopaka, mirando a medida que la bestia subía a un saliente.

—No si me dejas que haga algo al respecto —respondió Pohatu. Se puso de pie y caminó hacia el escarpado risco cercano.

—Quizá quieras echarte a un lado —gritó a la vez que comenzaba a subir ayudándose con las manos por la superficie vertical.

Kopaka descendió un poco más por la colina, sin dejar de mirar el borde del barranco. Aquella bestia podía reaparecer en cualquier momento…

—¡Hiiiii-ahhhhh! —gritó Pohatu, retrasando los pies y dando una patada a un enorme trozo de la superficie rocosa. La sólida piedra se quebró enseguida y un enorme trozo salió volando hacia delante, hacia la fisura, desapareciendo sobre su borde.

Pohatu siguió hacia otra sección del risco. Una vez más procuró asestar un poderoso golpe, enviando un peñasco directamente hacia la garganta. Kopaka no podía más que admirarse aunque a regañadientes a medida que Pohatu repetía el movimiento una y otra vez.

—Esto es demasiado lento —exclamó Pohatu—. Vamos a intentar algo diferente.

¿Qué es lo que pretendía ahora? Kopaka no tenía ni idea. Un segundo más tarde Pohatu puso ambos puños en la roca y el precipicio saltó por los aires desprendiendo infinidad de trozos de roca.

Al acordarse de su primer encuentro con Pohatu, Kopaka se cubrió la cabeza con su escudo. Sólo unas pocas piedrecitas fueron a parar sobre él, pero la mayor parte de la explosión cayó al barranco con un ruido ensordecedor.

—¡Uauh! —Pohatu chilló feliz una vez que el sonido fue apagándose—. ¡Ha sido estupendo!

Quiero decir, estaba casi seguro de que funcionaría, pero aún así…

Mientras esperaba a que el otro Toa se reuniera con él, Kopaka se adelantó y volvió a mirar desde el borde del precipicio. La criatura estaba enterrada hasta los cuernos en aquel amasijo de rocas que ahora casi llenaban el profundo cañón hasta la mitad.

Al escuchar a Pohatu apresurándose detrás de él, Kopaka se volvió.

—Un trabajo estupendo —dijo—. Logrará escapar, pero tardará un rato.

Pohatu volvió a mirar a la inmensa bestia atrapada debajo de ellos.

—Ha estado muy cerca. ¿Qué es esa cosa?

—Rahi —le dijo Kopaka, mientras se daba la vuelta para guiarles por la nevada ladera—. Así es como los Turaga dijeron que se llamaba. Hay muchas especies, de todas las formas y tamaños. No son muy amigables.

—Bromeas.

Ambos Toa se quedaron callados durante unos minutos mientras descendían, cada uno absorto en sus pensamientos. Finalmente, Pohatu volvió a hablar.

—¿Y qué es lo que viste ahí arriba? —preguntó—. Desde la cima, quiero decir.

Esta vez, Kopaka decidió responder.

—Unos extraños —contestó—. Seres de gran poder.

Llegaron hasta la cima de una empinada colina. Sobre un claro más abajo, cuatro puntos brillantes permanecían sobre el fondo de piedra y suciedad. Cuatro figuras, una de color rojo brillante, otra azul como el mar, una tercera negra como una noche sin estrellas, y la última con el mismo verde brillante de las hojas de los árboles.

Kopaka las contempló. Los otros Toa. Tenían que ser ellos.

—¿Pero son aliados o enemigos? —musitó.

7

EL ENCUENTRO

Gali fue la primera en darse cuenta de la presencia de los recién llegados.

—Hermanos —dijo en voz baja—. Mirad.

Uno de ellos llevaba una máscara de bronce. De un salto se plantó delante de los Toa.

—¿Os importa que nos unamos al grupo?

Tahu avanzó un paso.

—Soy Tahu, el Toa del Fuego. ¿Tú quién eres?

El forastero de bronce no parecía intimidado por la mirada ardiente de Tahu.

—Soy Pohatu —respondió—. El Toa de la Piedra. Y ese que está ahí es mi locuaz amigo el Toa del Hielo, Kopaka. —Hizo un gesto señalando a la figura de color blanco plateado que estaba de pie, silenciosa, detrás de él.

El segundo recién llegado se adelantó. Kopaka. Gali le miró de arriba abajo y sintió como un escalofrío recorría el aire a medida que se aproximaba.

Este, este tiene muchas capas, pensó vacilante. *Es frío. Pero intuyo que su exterior glacial puede esconder un fuego abrasador en lo más profundo de su...*

En ese instante, Kopaka dirigió su gélida mirada hacia ella, la había pillado observándole. No dijo nada, pero Gali se dio la vuelta enseguida.

Se hicieron las oportunas presentaciones y pronto comenzaron a intercambiar historias sobre cómo y cuándo cada uno de ellos había despertado.

Kopaka apenas intervenía mientras los demás charlaban. Estaba pensando en el futuro. ¿Qué más les aguardaba? ¿Y qué era del misterioso Makuta, el malvado del que habían hablado los aldeanos?

Dirigió la mirada al rojizo, Tahu, que continuaba presumiendo del periplo que le llevó a encontrar su aldea, Ta-Koro, en la cima del volcán. *Este Toa del Fuego no es más que aire caliente*, concluyó Kopaka. *¿Estará preparado para el fragor de la batalla o se quemará demasiado deprisa?*

Y allí estaba también Onua, el Toa de la Tierra. Hablaba menos que los demás y prestaba atención a todo lo que se decía. ¿Ese exterior aparentemente contenido ocultaba una mente vivaz o una vacía?

Justo entonces Lewa, el Toa del Aire, puntualizó un comentario que había hecho dando una voltereta hacia atrás hasta llegar a una roca cercana y quedándose en posición vertical sobre las manos. *Tanta energía*, pensó Kopaka. *Pero sale de él sin control, en todas las direcciones, como el viento. No es precisamente alguien a quien quisiera confiar mi vida en un momento delicado.*

Al oír la alegre risa de Pohatu, Kopaka se dio la vuelta para mirarle. El Toa de la Piedra le había sorprendido en su batalla contra el astado Rahi. Había luchado valientemente. También se había mostrado dispuesto a confiar su vida a Kopaka en aquel arriesgado salto sobre el barranco.

No sé si yo hubiera podido hacer lo mismo, admitió para sí Kopaka. Entonces meneó la cabeza. *¿Pero por qué debería confiar en alguien a quien apenas conoce? Resultó bien en aquella ocasión, pero estaba loco si estaba tan dispuesto entregar su vida a un extraño. No cometería el mismo error de nuevo.*

Por último Kopaka volvió su mirada a Gali. No podía ver nada en ella. La manera en la que le había mirado antes, era como si pudiera ver dentro de su mente, de su corazón, de la misma manera en que él podía ver a través de la tierra y de las piedras con su Máscara de la Visión. ¿Pero era posible? ¿Seguro? Gali rompió a hablar, interrumpiendo los pensamientos de Kopaka.

—Bueno, hermanos —dijo, mirándolos a todos—. Supongo que ya está bien de hablar del pasado. Deberíamos empezar a discutir qué toca a continuación, ¿no os parece? Porque a pesar de todos los poderes elementales que podamos tener, confío en que nuestras mejores armas sean nuestras mentes.

Kopaka casi se echa a reír. ¡Por fin alguien decía algo razonable!

—Tienes razón, Gali —agregó Tahu—. Debemos encontrar esas máscaras que buscamos tan pronto como sea posible. Los Turaga de la aldea me aseguraron que nos conferirían grandes poderes. Sé que mi propia máscara me da los poderes de protección o defensa...

—Es cierto —interrumpió Pohatu—. El hermano Kopaka también ha encontrado una máscara, la Máscara de la Protección.

Tahu frunció el ceño.

—Sí —dijo secamente, parecía irritado—. Bueno, hay cinco máscaras más ahí fuera esperándonos.

Una vez más Kopaka contuvo una sonrisa. Obviamente a Tahu le molestaba que otro se hubiera hecho con la primera máscara.

Onua parecía pensativo.

—Según mi Turaga, las máscaras están escondidas por toda la isla y Makuta ha colocado a las criaturas Rahi para guardarlas. De manera que nuestra empresa no será fácil.

—Bueno, bueno —Tahu parecía impaciente—. De cualquier forma lo importante es encontrarlas y…deprisa. Nos dividiremos en grupos pequeños. Gali y Lewa, podéis buscar en la selva y en las playas juntos, Onua y Kopaka pueden buscar en las cuevas de Onu-Wahi. Y Pohatu, tú puedes venir con…

Espera un segundo, hermano Tahu —interrumpió Lewa—. Si lo que pretendemos es ser rápidos, ¿por qué tenemos que preocuparnos por trabajar de dos en dos? ¿Por qué no emprendemos la búsqueda por separado?

Onua se encogió de hombros.

—Nuestro ardiente amigo tiene un buen plan —dijo con calma—. Trabajar en parejas tiene sentido. Es la forma de mantener un equilibrio entre la rapidez y la prudencia.

Gali negaba con la cabeza.

—Hermanos, estamos juntos por un motivo. Creo que debemos permanecer juntos, al menos hasta saber exactamente a qué nos enfrentamos.

Pohatu asintió.

—Tienen razón —dijo—. Os aseguro que estas criaturas Tahi no son algo a lo que uno pueda enfrentarse solo. Pero si viajamos juntos no deberían ser un gran problema. ¿Te parece bien, Kopaka?

Kopaka se encogió de hombros, esforzándose todo cuanto podía por calmar la impaciencia que sentía al tener que escuchar esta conversación. ¿Por qué no se había marchado ya?

—No puedo estar de acuerdo, Toa de la Piedra —replicó—. Deberíamos separarnos. Tal y como ya te he dicho prefiero trabajar solo.

Pohatu parecía ligeramente ofendido.

—Quizá sea como dices —señaló—. Pero, ¿acaso hubieras preferido que te hubiera perseguido esa bestia de cuernos puntiagudos si yo no hubiera estado allí para ayudarte a atraparla?

—Ya está bien de peleas —intervino Tahu impaciente—. No conseguiremos nada si nos quedamos aquí habla que te habla. La decisión está tomada, nos dividiremos en grupos. Es la mejor opción, ¿no lo ves?

Lo único que veo es alguien que cree que el poder pertenece a quien grita más alto, pensó Kopaka indignado. *Bueno, yo, por mi parte no estoy preparado para inclinarme ante semejante «líder». No mientras siga con vida.*

Tahu percibió la mirada de Kopaka. ¿Qué tipo de pensamientos escondía tras su máscara? El silencio del Toa del Hielo y su intensa mirada ponían a Tahu incómodo, aunque no le gustase admitirlo.

No importa, se dijo Tahu, dejando tales sentimientos a un lado. *Hay cosas más importantes sobre las que preocuparse.*

Los otros seguían discutiendo, algunos hablaban a la vez.

¡CRRRRRRAAAAAAAAAAAK!

De repente, sin previo aviso, la tierra se abrió delante de ellos, dividiendo el claro por la mitad. A su alrededor, la tierra temblaba, se abrían pequeñas grietas aquí y allá a medida que los árboles no paraban de sacudirse y los pájaros alzaban el vuelo emitiendo chillidos de pánico.

Relámpagos cegadores inundaban el cielo cayendo a escasa distancia de donde estaban los Toa.

—¡Retroceded! —gritó Onua mientras el aire restallaba con la electricidad y algunos árboles y arbustos comenzaban a arder.

Tahu escapó como los demás, aunque el fuego no le daba miedo. ¿Qué estaba pasando? Una gran masa de nubes apareció encima de ellos, liberando un torrente de lluvia y de granizo. Una violenta ráfaga de viento arreciaba desde la montaña.

—¿Qué tipo de tormenta es esta? —Gritó Lewa intentando hacerse oír por encima del ruido martilleante de la lluvia al caer y del viento que silbaba—. ¿Un terremoto, truenos y relámpagos, lluvia y granizo y viento todo a la vez?

Gali movió la cabeza, protegiendo su cara frente al viento arrasador.

—No puede ser una tormenta normal —chilló—. Debe ser obra de Makuta.

Nada más pronunciar esa palabra, la tormenta paró de repente. La tierra permanecía quieta. Lo único que quedaba de la tormenta eran los restos humeantes de la vegetación abrasada por los rayos y la enorme hendidura en el suelo.

—Es extraño —señaló Pohatu.

Tahu asintió con gravedad.

—Decididamente, Makuta sabe que estamos aquí. No hay tiempo que perder. Necesitamos encontrar esas máscaras ya mismo.

LO QUE HAY DEBAJO

Tahu no tenía ningún destino en mente al separarse del grupo de los Toa. Estaba demasiado enfadado como para pensar con claridad.

De nada habían servido las veces que había repetido su plan de trabajar en parejas, los otros Toa no estaban de acuerdo con él. Kopaka y Lewa habían insistido en marcharse por su cuenta. Incluso Gali parecía demasiado distraída como para discutir la cuestión: era la única entre ellos que no había visitado su aldea y ahora ansiaba encontrarla. Así que los Toa se habían separado.

Su enojo le llevó sin rumbo hasta las estribaciones entorno a la base del Monte Ihu, más tarde hasta las ardientes laderas del volcán.

Kopaka encontró una de sus máscaras ahí arriba en las nieves de su tierra natal, recordó Tahu al ascender por la ardiente montaña. *¿Por qué no empezar mi búsqueda aquí, en mi lugar de origen?*

Pensar en Kopaka le hizo apretar con fuerza la empuñadura de su espada de fuego.

Es como si sólo se sentara a escucharnos hablar seguro de que es mejor que nosotros, pensó Tahu con un resoplido. *Como si su tiempo fuera demasiado valioso como para implicarse.*

—No merece la pena que me preocupe por sus gustos —dijo en voz alta—. Especialmente ahora… —Blandió su espada para dejar el tema bien claro y envió de manera accidental una llamarada que redujo una pila de piedras cercana a lava.

—Con el debido respeto, gran Toa, no estaría mal que mirase hacia donde apunta esa cosa —se oyó decir.

Tahu se dio la vuelta. De pie delante de él estaba la figura robusta de espaldas anchas de un Ta-Matoran.

—Te conozco —dijo el Toa—. Eres Jala, ¿verdad? El Matoran asintió e hizo una reverencia.

—Soy el capitán de la guardia de tu aldea de Ta-Koro.

—Hola de nuevo —respondió Tahu—. Y permíteme un consejo: espiar a un Toa puede ser peligroso para la salud.

—Perdona, Toa —respondió Jala con una sonrisa burlona—. No era mi intención asustarte.

—Acepto tus disculpas. ¿Pero qué pretendías siguiéndome hasta aquí?

Jala se puso serio.

—Vine a ver cómo iba tu búsqueda de las máscaras. No te lo tomes a mal, pero… ¿tienes algún plan para encontrarlas?

Tahu frunció el ceño, sintiendo que su genio se encendía aún más. ¿Cómo se atrevía este insignificante Matoran a cuestionar sus tácticas?

—Por supuesto que tengo un plan —espetó—. Estoy buscando…estoy buscando las máscaras… De acuerdo. Quizá no tenga un plan como tal, pero estoy trabajando en ello.

Jala volvió a hacer una reverencia.

—Por supuesto, Toa —dijo—. De cualquier forma, pensé que podía resultarte útil saber que según una leyenda una Kanohi Akaku, una Gran Máscara de Visión con Rayos-x, se halla en lo más profundo de la caverna Onu-Wahi.

—Onu-Wahi —repitió Tahu—. ¿Las cuevas y los túneles de los que habló Onua?

—Sí —respondió Jala—. La red de pasadizos subterráneos se extiende por gran parte del subsuelo de Mata Nui. Hay una entrada justo en esa dirección, más allá de esa pared de lava. Conduce a...

—Gracias —interrumpió Tahu, dándose la vuelta y alejándose.

—¡Toa Tahu! —Gritó Jala—. ¡Espera!

Tahu se detuvo, mirando atrás.

—¿Sí? ¿Qué ocurre? —preguntó impaciente.

Jala tocó con su puño su máscara a modo de saludo.

—Sólo quería desearte buena suerte —dijo—. Ten cuidado en el oscuro subterráneo. Llevas poco tiempo con nosotros y no queremos volver a perderte.

Tahu sonrió.

—No os preocupéis —dijo—. No os desharéis de mí tan fácilmente.

Y con eso saltó la pared y se dirigió presuroso hacia la entrada de la cueva.

Tahu no tardó mucho en darse cuenta de por qué el Matoran estaba tan preocupado. Se respiraba una extraña sensación en los tortuosos y oscuros túneles de Onu-Wahi. Incluso a pesar del brillo que proyectaba su espada de fuego, la oscuridad parecía concentrarse entorno a él, sofocándole con su presencia.

Respirando profundamente, se esforzó por continuar. Una región oscura de su mente protestó. *¡No! No pertenecemos aquí, no deberíamos estar aquí, nos aplastará…*

Pero Tahu sacudió la cabeza decidido, alejando tales pensamientos.

El aire se hizo frío y tranquilo. La llama de su espada chisporreteaba y parpadeaba, pero la fuerza de su voluntad la mantenía encendida.

Casi, se dijo con seriedad. *Puedo sentirlo. Estos túneles no pueden descender mucho más.*

Y sin embargo sí lo hacían. Más profundo y más profundo y más profundo, hasta que Tahu empezó a preguntarse si no habría imaginado el mundo de la superficie. Más profundo hasta que empezó a ver formas extrañas moviéndose en las sombras más allá de su luz roja brillante. Y más profundo aún.

Finalmente salió fuera del final de un túnel a una caverna enorme. Un viento cortante y persistente la recorría. Sólo unos pasos más allá, el suelo se hundía en la nada. Tahu no podía ver el fondo.

Estupendo. Simplemente estupendo, pensó con amargura. *¿Qué se supone que he de hacer ahora?*

No estaba seguro de qué le hizo mirar entonces hacia arriba, pero al hacerlo, alcanzó a ver algo que se movía a través del abismo. Mirando con los ojos entrecerrados la oscuridad que se extendía más allá del resplandor de su espada, acertó a ver la forma vaga de un saliente en la pared opuesta de la caverna. En ese saliente había una forma pequeña y gris, ¿una máscara? No estaba seguro.

De cualquier forma, la profundidad inmensa del abismo se extendía entre él y el objeto. ¿De qué manera podía llegar hasta allí?

Tahu anduvo con mucho cuidado a lo largo de la pared de la caverna. Al aproximarse al borde, divisó finalmente la respuesta a su problema, un puente. Un estrecho arco de piedra, que se extendía desde la pared y desaparecía en la oscuridad.

Mientras permanecía de pie sin saber qué hacer el viento húmedo le produjo escalofríos. Entonces negó con la cabeza: no había llegado tan lejos como para darse la vuelta ahora.

Puso un pie en el puente. Era aún más estrecho de lo que parecía y tuvo que concentrarse todo cuanto pudo para mantener el equilibrio.

Después de unos pocos minutos no parecía estar más cerca del saliente lejano que cuando empezó.

Esto es ridículo, pensó impaciente. *A este paso voy a tardar una eternidad en cruzarlo.*

Adelantó un pie dando esta vez un paso más largo. Al tocar la roca, se deslizó ligeramente hacia un lado justo cuando otra ráfaga de un viento arrasador soplaba y… ¡Tahu de repente sintió que caía al abismo!

Se agarró al puente rodeándolo con su brazo izquierdo y agarrándose con fuerza. Sus piernas se balanceaban sobre el abismo. Lanzó su mano derecha por encima del puente arriesgándose a perder su espada. Dando un resoplido, logró subir las piernas quedando boca abajo.

Se concentró en reincorporarse y lentamente logró sentirse de nuevo sobre el puente. Finalmente dejó escapar un suspiro de alivio al verse a salvo. Descansó un instante, manteniéndose acurrucado y por fin se puso de pie.

De acuerdo, despacio y con tranquilidad, se repetía Tahu. *Un pie delante de otro.*

Dio un paso, tambaleándose ligeramente y resistiendo las ganas de mirar hacia abajo.

Un paso, dos pasos…ya casi estamos…

¡BZZZZZZZZZZZZZZ!

De repente el aire se llenó de un silbido ensordecedor y violento que parecía que lo llenaba todo.

Asustado, Tahu resbaló, uno de sus pies se deslizaba hacia la nada. Se balanceó justo a tiempo hacia el lado con los brazos extendidos, recuperando su tembloroso equilibrio sobre el estrecho soporte.

Docenas de criaturas de color rojo brillante habían aparecido de la nada, volaban en todas direcciones sobre el puente. Cada una era del tamaño de un puño cerrado y parecían un cruce entre un escorpión y una gigantesca luciérnaga sin alas. Sus pinzas asesinas se abrían y cerraban rítmicamente a la vez que zumbaban alrededor de Tahu, sus patas se movían demasiado rápido para verlas.

—¡Ey! —gritó Tahu molesto, propinando alguna patada a varias de las criaturas que se agolpaban sobre sus pies—. ¡Fuera!

Los escorpiones brillantes no le hacían caso. Cada vez se arremolinaban más a su alrededor hasta que sus piernas quedaron cubiertas por completo.

—¡Ay! —chilló cuando uno de ellos hundió sus pinzas en su tobillo. Le dio un manotazo, pero enseguida vinieron dos criaturas más que se le agarraron a la rodilla y al muslo.

—Ya es suficiente —dijo entre dientes, apuntando con la espada justo sobre el grupo más numeroso de las criaturas que estaba en el puente cercano. Concentró sus energías y dejó salir una llamarada con la esperanza de poder asustarlas para que se marcharan.

—¿Qué? —exclamó Tahu—. ¿Así que os gusta el fuego, eh, vosotros bichos estúpidos? ¡Os voy a enseñar lo que es el fuego!

Apuntó de nuevo con su espada de la que salían llamaradas. Pero una vez más aquello sólo parecía darle más fuerza a las criaturas. El puente sin embargo no dejaba de brillar por todas partes a medida que la piedra empezaba a fundirse sometido al intenso calor.

—Uy, oh —dijo Tahu tragando saliva, mientras contemplaba cómo la lava caía hacia el abismo. Las criaturas aparecían ahora en mayor cantidad, docenas de ellas se acumulaban por todo su cuerpo.

Debo...escapar... Pensaba Tahu desesperado mientras intentaba sacudírselas de encima.

¿Cómo podía librarse de los escorpiones? Su mejor arma, el fuego, parecía ser completamente inservible contra ellos. Y estaba atrapado en este puente, forzado por la gravedad y el viento además de por el enjambre de criaturas.

De repente oyó la voz de Gali en su cabeza: *Nuestra mente es mejor arma.* Eso era lo que había dicho cuando estaban en el claro. En ese momento, Tahu había prestado poca atención a sus palabras. Ahora, sin embargo, ardían en su interior y con ellas de repente se le vino una idea a la cabeza.

—Muy bien, bichejos —dijo en alto—. Es vuestra última oportunidad de retroceder antes de que sea demasiado tarde. ¿Nadie se apunta? Oh, bueno, no digáis que no os avisé…

Dejó la espada sobre el puente, se agachó y se agarró con las dos manos a la piedra. Lanzando sus pies hacia afuera, se dejó colgar otra vez sobre el vacío.

Cerró los ojos y recordó a Lewa. El Toa del Aire parecía incapaz de quedarse quieto más de un segundo y había pasado gran parte de su tiempo en el claro haciendo volteretas y poniéndose cabeza abajo. En un determinado momento Tahu recordó, Lewa había dado incluso un salto hacia arriba y se había agarrado a una rama que colgaba balanceándose de ella con ambas manos, dando vueltas y más vueltas.

Con esa imagen en mente, Tahu balanceó sus piernas tan vigorosamente como pudo. Le llevó varios intentos, pero finalmente logró poner las piernas sobre el puente y darse la vuelta hasta llegar al otro lado. Agarrándose fuertemente con ambas manos, se impulsaba con el cuerpo aprovechando el impulso. Giró alrededor del puente una y otra vez, cada vez más deprisa.

Tahu giraba cada vez más rápido y en poco tiempo las criaturas escorpión empezaron a dejar de agarrarle. Al principio de una en una, después por docenas, volaron hacia la oscuridad.

¡Funciona! Pensó feliz. *¡Funciona! ¡No pueden sujetarse!*

Aún así continuó girando hasta que sintió que las últimas heridas punzantes provocadas por las tenazas de las criaturas dejaban de doler y no podía oír más su zumbido. Sólo entonces aminoró la marcha lo suficiente como para recuperar su posición en el puente.

Ahí está, pensó, respirando profundamente tras el esfuerzo. *Incluso Lewa estaría admirado.*

Miró encima y debajo del puente. No quedaba rastro del enjambre. Después sintió un pellizco y al mirar abajo descubrió que había una criatura escorpión que había conseguido sujetarse.

—Creo que me las puedo arreglar contigo —dijo Tahu, desprendiéndola—. Es hora de que vayas a... espera una segundo. ¿Qué es eso?

Se detuvo justo cuando iba a arrojar a la criatura al abismo. ¿Qué tenía en la cabeza? Mirándola más de cerca, vio que llevaba una diminuta máscara sobre la cara. La máscara estaba llena de agujeros, pero no dejaba de ser una máscara a pesar de todo.

—Curioso —murmuró, explorando la máscara con el dedo.

La pequeña criatura zumbaba enojada, intentando liberarse de Tahu. Cuando su dedo estuvo lo suficientemente cerca, sacó sus pinzas y lo sujetó cerrándolas con fuerza.

—¡Ay! —Tahu retiró su mano con ganas de arrojar a la pequeña bestia y acabar con ella. Pero de nuevo algo le hizo dudar. ¿Por qué una criatura como esa llevaría una máscara?

Cambió la forma de coger a la criatura escorpión hasta que consiguió sujetarle las pinzas con una mano. Después utilizó la otra mano para quitarle cuidadosamente la máscara. Nada más hacer eso la criatura quedó como muerta. Durante un segundo creyó que la había matado accidentalmente. Pero de repente sus patitas empezaron a moverse débilmente mirándole como atontada.

Puso la criatura a sus pies sobre el puente, procurando no dejar sus dedos al alcance de sus pinzas.

Pero no tenía por qué preocuparse. Sin mostrar ningún interés por él, el pequeño escorpión huyó veloz por el puente despareciendo en la oscuridad.

Tahu parpadeó preguntándose qué es lo que podía significar aquello. ¿Había huido la criatura porque le había quitado su máscara? ¿O porque se había dado cuenta de que ahora estaba completamente sola frente a él?

Abrió su mano y miró la diminuta máscara. Una ráfaga de viento sopló y estuvo a punto de hacerle perder de nuevo el equilibrio. También le arrebató la máscara de la mano y la lanzó al abismo.

Tahu hizo ademán de cogerla pero era demasiado tarde. La máscara había desaparecido. Dejando escapar un suspiro de disgusto, hizo todo lo que pudo para superar la pérdida. Lo importante es que había vencido a las criaturas escorpión. Ahora podía continuar con su misión.

Recogió su espada. Después de todo lo que había pasado, caminar sobre el puente no parecía tan terrible y no tardó mucho en llegar al saliente.

La máscara estaba allí esperando, sus cuencas vacías le miraban sin comprender. La recogió y la colocó sobre su propia máscara.

Una energía desconocida se apoderó de él. Se tambaleó hacia delante, acordándose del precipicio justo a tiempo de parar para evitar la caída al abismo.

¡Tanto poder! Miró a su alrededor contemplando lo que le rodeaba con nuevos ojos ayudado por los poderes de visión de rayos-x de la máscara. Incluso en la oscuridad podía ver las vetas de minerales enterradas dentro de las paredes de piedra a su alrededor, los hilillos de agua abriéndose camino a través de la sólida roca bajo sus pies.

Tahu parpadeó, intentando adaptarse a esta nueva manera de ver.

—Muy bien —susurró para sí asombrado—. Esto sí es algo.

FRÍO COMO EL HIELO

Con cada paso que daba, Kopaka maldecía el calor, el humo y la ceniza asfixiante de Ta-Wahi. ¿Por qué la Máscara de la Fuerza tenía que estar escondida en un lugar semejante? No tenía ni idea y esperaba que los Matoran, que eran quienes le habían dado la pista, no le hubieran indicado mal el camino.

Se detuvo al sentir la llegada de otra sofocante bocanada de calor. Kopaka acercó su hoja de hielo al cuello para permitir que su reconfortante frescor le reviviese. ¿Cómo podía alguien resistir en ese volcán infernal y más aún vivir allí?

Esbozó una mueca al pasársele por la cabeza la imagen de Tahu. Si el Toa de Fuego pudiera verle ahora seguramente se partiría la máscara de risa.

Ya me gustaría a mí ver a Tahu intentando subsistir en Ko-Wahi, pensó Kopaka. *Posiblemente haría un agujero en el hielo y emplearía tanta energía maldiciéndole que no sería capaz de salir.*

Aquel pensamiento le divirtió y liberó en él la fuerza suficiente para seguir avanzando.

Después de escalar unos minutos más, llegó a lo alto de un pico y divisó un paisaje sorprendente. Sabía que era lo que estaba buscando: la Laguna de Lava.

Varias laderas de la montaña confluían aquí formando una ancha y profunda cuenca llena de lava. Durante al menos doscientos largos, la laguna hirviente desprendía un fulgor amarillo, rojo y naranja. De su extremo final caía una cascada de lava que no dejaba de emitir chorros de vapor y de humo.

Kopaka miró alrededor preguntándose dónde podía estar escondida una máscara en esta tierra yerma y burbujeante.

Entonces vio una pequeña y escarpada isla que se adentraba en el centro de la laguna. ¿Acaso el calor le hacía ver cosas extrañas o aquella era la forma gris de una máscara Kanohi abandonada en la isla?

Gruñó. ¿Quién le aseguraba que la máscara no estaba guardada por otro Rahi o dos o incluso doce? Prefería enfrentarse a todos los Rahi de Mata Nui a la vez que tener que lidiar con ellos de esta manera.

Makuta utilizó sus sentido del humor para esconder las máscaras, pensó cabizbajo. *Pero yo reiré el último cueste lo que cueste.*

Apuntando con su hoja de hielo a la laguna, Kopaka concentró su energía.

¡ZZZZZZZT!

Un pequeño trozo de lava se congeló durante aproximadamente medio segundo. A continuación el hielo se quebró, salió vapor y un poco más tarde la sección congelada había vuelto ya a su ardiente forma original.

Kopaka frunció el ceño y lo intentó de nuevo. Pero sus esfuerzos tuvieron poco éxito.

Es el momento de probar un nuevo plan, meditó. *Si no puedo atravesarlo quizá pueda ir por encima.*

Modificando su objetivo, esta vez se concentró en el vapor que había sobre la laguna. Dirigió su hoja de hielo hacia él.

¡ZZZZZZZT!

Las partículas de humedad suspendidas en el aire se volvieron sólidas, formando juntas un puente de hielo que cruzaba la primera sección de la laguna.

¡ZZZZZZZT!

¡ZZZZZZZT!

Kopaka sintió que su energía se agotaba a medida que una y otra vez disparaba su hoja. Pero cuando hubo terminado, sonrió triunfante. ¡Su puente de hielo cruzaba toda la laguna hasta llegar a la isla!

Ahora todo lo que tengo que hacer es ir a por la máscara, pensó poniendo un pie en el comienzo del puente. Avanzó deprisa unos pasos y se detuvo. ¿Qué era aquel sonido?

Gota... ¡SZZZZZ! ... *gota*... ¡SZZZZZ! *gota*... ¡SZZZZZ!

Mirando hacia abajo, comprobó alarmado que el puente se estaba derritiendo.

—¡No! —gritó, apuntando con su hoja para volver a congelarlo.

Pero no había manera. Tan pronto como volvía a congelar una sección, otra se derretía. En cuestión de segundos la parte media del puente colapsó en la laguna. Kopaka apenas tuvo tiempo para retroceder saltando hacia la orilla justo cuando su sección del puente también se derrumbaba.

Tenía que haber una respuesta. Dándole vueltas a aquel desafío en su cabeza, Kopaka barajó sus alternativas.

Finalmente tuvo que admitir la única solución posible: los otros Toa. *Si Tahu estuviera aquí, no tendría ningún problema para alcanzar esa máscara*, pensó Kopaka muy a su pesar.

Movió la cabeza molesto consigo mismo. ¿Por qué malgastar el tiempo pensando en una solución que no funcionaría? Había encontrado ya dos máscaras sin la ayuda de los otros Toa. También podía encontrar la manera de conseguir esta sin ellos.

A medida que se acercaba hacia el final de la pequeña playa, Kopaka se percató de una columna de vapor procedente de una fisura en la pared rocosa que había detrás de él. A diferencia del vapor lleno de humo y cubierto de hollín que flotaba sobre la laguna, éste era de aspecto claro y limpio.

Curioso, Kopaka se encaramó a la pared escarpada para echar un vistazo. Pronto descubrió un manantial de agua caliente que burbujeaba desde las profundidades de la montaña.

—Interesante… —murmuró.

Miró hacia la isla donde estaba la máscara, midiendo la distancia con sus ojos. Entonces volvió a mirar el manantial. Una idea tomaba cuerpo en su cabeza.

Analizó la información una y otra vez. La profundidad y el tamaño del manantial. La distancia hasta la isla. El calor probable de la lava.

Aún así todavía no podía convencerse a sí mismo de que funcionaría. Sus probabilidades eran bastante altas, pero todavía no había nada seguro….

Kopaka cerró los puños al imaginar la risa burlona de Tahu, la mirada perpleja de Lewa. Ninguno de ellos tendría la paciencia de malgastar tanto tiempo preocupándose por las probabilidades. Quizá sólo esta vez debiera vivir siguiendo su ejemplo.

Además es esto o nada, se recordó Kopaka a sí mismo. Estaba cien por cien seguro de aquello.

Sin darse tiempo para dudar sobre su decisión, Kopaka apuntó con su hoja.

¡ZZZZZZZT!

El manantial se transformó en hielo.

Kopaka sonrió. Tal y como había sospechado el agua en el manantial estaba mucho más fresca que la lava.

Ahora venía la parte difícil, sacar el iceberg miniatura fuera de su hueco y dejar que se deslizara por la ladera hasta la laguna. Poco a poco, Kopaka congeló y rompió en trocitos el exterior de la pared del hueco, hasta que todo lo que tuvo que hacer fue empujar un gran pedazo de hielo para que cayera desde el borde.

Utilizando la hoja como pala, remó hasta la isla con todas sus fuerzas. El hielo seguía derritiéndose, pero Kopaka mantenía su mirada centrada en su meta.

Cuando alcanzó el pequeño saliente rocoso, su «barco» de hielo se había reducido a la mitad de su tamaño original.

Más de la mitad, se dijo Kopaka mientras saltaba a la isla y recogía la máscara. *Todavía hay más de la mitad ahí. Eso será suficiente sobre todo contando con la fuerza añadida de mi nueva Kanohi para ayudarme a remar.* Se colocó la Máscara de la Fuerza sobre la cara y sintió como su poder le inundaba.

Aún así todavía dudó al regresar al témpano de hielo. Le llevaría casi tanto remar de vuelta a la orilla como le había llevado llegar hasta allí. ¿Duraría el hielo tanto?

¡Simplemente hazlo! Se reprendió. *No hay otra opción.*

Una y otra vez Kopaka metía su hoja en la lava, empleando toda la fuerza de su nueva máscara en alejarse de la isla.

Lo conseguiré, se dijo con firmeza, aferrándose a aquel pensamiento. *No me importa lo que haya que hacer, haré cuanto sea necesario. Si el témpano de hielo se derrite demasiado deprisa, quizá pueda congelar suficientes trozos de lava como para avanzar saltando de uno en otro. O…*

Al introducir de nuevo su hoja en la lava, calculó mal y golpeó el borde del témpano de hielo. La fuerza del golpe hizo que se desprendieran varios trozos de gran tamaño que salieron volando: uno fue a parar a él. El Toa del Hielo no tuvo tiempo para esquivarlo. El trozo le dio de lleno en la cabeza, haciéndole caer de rodillas.

Se aferró atontado al hielo, luchando por mantenerse consciente. Pero la oscuridad inundaba su mente… y entonces, de repente, una intensa visión le asaltó, llevándose muy lejos el témpano de hielo, la laguna, el calor y todo lo demás.

Primero se vio a sí mismo surcando los cielos de todo Mata Nui. Poco a poco se fue acercando al suelo, parecía estar cayendo por las laderas del Monte Ihu en el centro de la isla. Así logró llegar a un gran claro. Allí, Kopaka pudo ver un gran templo construido de piedra.

Después una voz desconocida, envuelta en un extraño eco, habló desde la oscuridad.

—Bienvenido, Toa del Hielo —dijo alejándose y acercándose a medida que Kopaka luchaba por liberarse de aquella visión—. *No te…tu mente puede viajar… contemplar el futuro…tú y los demás…todas las Grandes Máscaras del Poder…juntos y vencer…tres se convertirán…el camino de la sabiduría…yo mismo, Akamai…del guerrero…sólo uniéndose…adiós…*

Después de aquello, la mente de Kopaka regresó a la realidad. Se encontró a sí mismo de hinojos, aferrándose aún al cada vez más reducido trozo de hielo.

Este pequeño accidente ha sido una mezcla de mala suerte y escaso juicio, meditó sobriamente al enfrentarse finalmente a la verdad, el témpano de hielo no iba a poder llevarle hasta la orilla. Eso significaba que tenía dos opciones: intentar el método de avanzar a saltos por el hielo o esperar todo cuanto pudiera e intentar dar un enorme salto hasta tierra firme.

Decidió que el segundo plan tenía más posibilidades de triunfar. Pero la distancia hasta la orilla parecía excesivamente grande…

Kopaka recordó que ahora llevaba la Gran Máscara de la Fuerza. Quizá le diera a sus piernas el poder extra que necesitaría para hacerle superar aquella tremenda distancia. Quizá…

Reuniendo todas sus fuerzas, Kopaka se puso en posición y esperó. Esperó y esperó empleando toda la paciencia de que era capaz hasta estar seguro de que era el momento de saltar. Todo lo que necesitaba era un espacio lo suficientemente grande que le sirviera de plataforma desde la que propulsarse.

—¡Ahora! —gritó, saltando hacia delante con todas sus fuerzas. La energía de la Pakari fluía por él dándole el extra de poder que necesitaba.

Pero no sería suficiente.

Esa Gran Máscara de la Levitación sería de gran utilidad en este preciso instante, pensó desalentado al sentir que caía hacia la lava burbujeante.

—¡Kopaka! —una voz gritó desde la orilla.

Kopaka miró hacia delante, pero sólo vio un destello de color verde y de repente sintió que una ráfaga de viento le arrastraba.

—¡Aaaaaaah! —gritó a medida que volaba indefenso por el aire.

¡CRASH!

Cayó de cabeza al suelo.

—Perdoncito, hermano —se oyó decir a la voz de Lewa desde algún lugar cercano—. Yo no tiempo pensar en manera mejor de aterrizar.

—Ugh —gruñó Kopaka. Le dolía todo el cuerpo. Pero seguía estando de una pieza y ¡vivito y coleando! —No pasa nada, hermano Lewa —añadió, consciente de que el viento de Lewa había sido lo que le había salvado—. Te debo una. Nunca lo olvidaré.

—Cuando tú querer, hermano— dijo Lewa—. Y al menos veo que conseguido has una máscara.

Kopaka asintió llevándose una mano a la nueva Kanohi que tenía puesta. Se preguntaba si debía hablarle al otro Toa de su visión. ¿Qué significaba?

¿Quién la había enviado? ¿Era un anuncio de algo importante o simplemente un engaño de Makuta?

Sea lo que sea, por poco consigue achicharrarme, se dijo a sí mismo. *¿Acaso no es la mejor evidencia de todo lo que puede venir de Makuta?*

Inquieto por aquel pensamiento, no dijo nada sobre su visión mientras Lewa charlaba sobre el hallazgo de su propia Gran Máscara de la Fuerza en Onu-Wahi.

—También tener que enfrentarme a ese asqueroso Rahi para conseguirla —dijo feliz—. Pero supongo que valió la pena, recogerte pude con una brisa veloz.

Kopaka asintió.

—Estos Rahi, parece que nada les para a la hora de guardar estas máscaras.

—Oh, este tipo detenerse tuvo en cuanto le quité la máscara —dijo Lewa—. Escapar con pánico, todo veloz, por las profundidades del túnel.

—¿En serio? Mmm —Kopaka guardó aquello en su mente. Podría serle de utilidad más tarde.

Eso le recordó que todavía quedaban máscaras por encontrar.

—De nuevo te doy mis más sinceras gracias, hermano Lewa —dijo dedicándole una pequeña reverencia—. Ahora debo marcharme y continuar mi búsqueda.

—¡Oh! Olvidar casi he por qué vine a buscarte —chilló Lewa—. Acabar de encontrar a Onua y Pohatu montaña abajo. Onua convocar ha una reunión.

Kopaka frunció el ceño.

—Pero no he encontrado todas mis máscaras todavía.

—Ninguno de nosotros hacerlo ha —dijo Lewa encogiéndose de hombros—. Todos descubrir que esta búsqueda más difícil ser de lo que creer. Por eso Onua querer que nos ver. A mí no gustar trabajar en grupo, pero creer que poder tener razón. Necesitar nos comparar notas, un poco de planificación de grupo hacer.

Kopaka abrió la boca para protestar de nuevo, pero la cerró antes de pronunciar una palabra. ¿Cuánto tiempo se habría ahorrado si hubiera estado con Lewa, con Tahu o con Onua?

Suspiró. A pesar de lo que detestaba la idea de unirse a una especie de festival de felices Toa, los hechos eran evidentes. La misión sería más exitosa si los Toa atacaban en grupo.

—De acuerdo —dijo Kopaka al final—. Vamos.

10

EL TEMPLO

Gali estaba muy contenta de que la reunión de Onua hubiera transcurrido mejor que la última. Había servido para llegar a una conclusión unánime: los Toa trabajarían en equipo.

Todos los Toa se habían enfrentado al menos a un Rahi durante sus viajes y Gali no era una excepción. Tras su encuentro con otro de los monstruosos Rahi nadadores respetaba el poder de las criaturas más que nunca. Ahora sabía que a esas bestias se las conocía como Tarakava. Los Turaga les habían contado que todos los Rahi eran bestias originarias de la isla, gobernadas por Makuta para hacer su oscura voluntad.

Quizá una vez que tengamos todas las máscaras, sabremos también cómo liberar a los Rahi, pensó Gali.

Sólo deseaba que la misión se desarrollara sin complicaciones. Habían malgastado demasiado tiempo en disputas sin importancia. Lewa seguía distrayéndose y vagabundeando lejos del grupo. Tahu parecía decidido a aplastar a todos los Rahi que se cruzaran en su camino. Kopaka estaba harto de las peleas entre ellos y amenazaba con marcharse de nuevo por su cuenta.

En medio de todo aquello, Gali hacía cuanto podía para mantener la paz. Adivinaba que Onua perseguía el mismo objetivo aunque de forma más callada y descubrió que su respeto por el fuerte y reservado Toa de la Tierra era cada vez mayor. Ahora, a medida que se aproximaban a la costa al sur de Po-Koro, le buscó con la mirada.

—Onua —dijo—. Si lo que los Matoran nos dijeron es cierto, necesitaremos sumergirnos bajo las aguas para encontrar la máscara levitadora de Tahu.

Lewa la oyó y se puso a gruñir.

—¡Otra vez no! —chilló—. Ya dar chapuzón para conseguir Máscara de la Velocidad. ¡Aún tener taponados los oídos!

—No seas tonto —dijo Kopaka en voz alta—. Está claro que sólo los que ya tienen la Kanohi Kaukau deberían ir. Pohatu, Lewa, Tahu, podéis esperar en la playa.

Tahu le dedicó una mirada.

—Gracias por señalar lo que es de por sí evidente —respondió—. Pero se trata de mi máscara, fue un habitante de mi pueblo el que me reveló su localización. Creo que debería ser yo quien decidiera si voy o no.

Gali puso los ojos en blanco.

—Sería de gran ayuda que algunos de nosotros se quedaran montando guardia en la orilla, hermano Tahu— señaló.

—Es verdad —admitió Tahu, aunque a pesar de todo todavía dedicó una mirada irritada a Kopaka—. Que la suerte te acompañe, Gali. Estaremos atentos a cualquier peligro mientras esperamos vuestro regreso.

Onua se puso a la cabeza del grupo seguido a corta distancia por Kopaka. Gali a continuación, sintiendo que parte de su ansiedad se diluía a medida que entraba en contacto con el cálido y familiar medio acuático. Se zambulló entre las olas y nadó veloz hasta llegar a aguas más profundas.

Pronto los tres alcanzaron la ancha y abierta extensión del valle marino.

Kopaka apuntó hacia una forma grande y sombreada visible en el agua. Gali se estremeció al reconocer en ella el Taravaka.

—Escapé de un Taravaka cegándole con unas algas y de otro haciéndole entrar en una cueva en la que se quedó atrapado —contó Gali a los demás—. Estos Rahi son fuertes pero no muy listos, creo. Todo lo que necesito es un plan...

Pronto los tres nadaban sigilosamente hacia el Taravaka. Un momento más tarde la criatura les divisó y dejó escapar un rugido.

—De acuerdo, sabe que estamos aquí —susurró Gali, flotando quieta en un sitio—. Kopaka, prepárate.

El Toa del Hielo asintió. El Taravaka salió disparado hacia ellos. Pronto estuvo a poca distancia, cada vez más cerca... Kopaka todavía no se movía.

Gali contuvo su aliento. La bestia tardaría unos segundos en estar encima de ellos.

Justo cuando estaba a punto de gritar, el Toa del Hielo se movió. Con un gesto de su hoja de hielo, proyectó delante de él una descarga de un frío helador, convirtiendo en un instante el agua y el Taravaka en un sólido bloque de hielo.

—¡Buen trabajo! —gritó Onua, su voz grave retumbaba por el agua como si de un terremoto se tratara—. Ahora me toca a mí...

Tras lo cual golpeó el suelo arenoso del océano con sus puños. El suelo se hinchó, arqueándose sobre el cubo de hielo del gigante Tarakava hasta que quedó completamente rodeado de un área congelada.

—Eso debería contenerlo durante un rato —dijo Gali, aliviado—. Ahora todo lo que tenemos que hacer es...

—Espera —le interrumpió Onua, mirando al Tarakava, cuya cabeza asomaba por fuera del montículo de suciedad y hielo que le aprisionaba—. Sólo quiero comprobar algo...

Nadó hacia la criatura, teniendo cuidado de quedar fuera del alcance de sus mandíbulas. Con no más que unas palmaditas sobre el montículo provocó una pequeña explosión que arrancó la máscara de la cara del Tarakava.

Los violentos espasmos de la criatura pararon inmediatamente. Después de un rato dejó escapar un grito lastimero y comenzó a retorcerse de nuevo, pero esta vez ignoró por completo a Onua.

—Esto es justamente lo que pensé que podía —dijo Onua.

—Cuando Pohatu y yo encontramos un par de Nui-Rama, Pohatu le quitó la máscara a uno de ellos. La criatura cambió enseguida, se marchó en lugar de continuar luchando.

Kopaka asintió pensativo.

—Algo parecido ocurrió cuando encontré a Kuma-Nui de camino a Po-Wahi.

—Desearía haberme acordado antes —dijo Onua—. No me había dado cuenta de que podía ser importante hasta ahora.

Gali se dio cuenta de que Kopaka no ofrecía la misma disculpa.

—Creo que hemos aprendido algo importante —dijo Gali—. Makuta controla a los Rahi a través de estas máscaras.

Al notar la forma grisácea de una máscara sobre la arena blanca, se dobló hacia delante para recogerla.

—Misión cumplida —dijo Onua—. Vamos, regresemos.

—No seas estúpido —soltó Kopaka—. Acabarás haciendo que te maten y seremos nosotros los que tengamos que recoger tus pedazos.

Pohatu suspiró, preguntándose si había sido un error dividirse en dos grupos. Si Onua o Gali estuvieran aquí, quizá uno de ellos pudiera aplacar esta discusión entre Kopaka y Lewa. Pero ellos, junto con Tahu, se habían marchado a Le-Wahi en busca de la penúltima máscara de Pohatu.

Ahora Pohatu estaba en la cumbre más alta de su región natal, mirando la máscara que colgaba tentadora de la mitad de la roca. En la parte baja del aquel risco había un enorme Nui-Jaga. El Rahi sabía que los Toa estaban allí. No dejaba de volver su cara enmascarada hacia ellos y de hacer sonar el aguijón de su cola.

—Quizá nuestro hermano de hielo tenga razón, Lewa —apuntó Pohatu—. Si no lo consigues y caes…bueno, en fin, estoy seguro de que podremos encontrar otra manera si nos ponemos de acuerdo.

Lewa se encogió de hombros, su sonrisa nunca desaparecía.

—¿Por qué preocuparte has, hermano? —dijo—. Después de todo, ser así mucho más divertidoooooo...

La última palabra se perdió en el vacío al lanzarse Lewa fuera de la cumbre con los dos brazos estirados.

—¡Ese loco! —murmuró Kopaka irritado.

Pohatu no podía hablar. Sólo podía contener el aliento, casi sin atreverse a mirar. Era su propia Kanohi Kaukau la que Lewa estaba intentando agarrar al lanzarse. ¿Cómo podría vivir Pohatu consigo mismo si el arriesgado intento de Lewa terminaba en catástrofe?

— ¡Yujuuuu! —Chilló Lewa, agarrando la máscara con una mano al descender en picado, después moviendo una mano por el aire invocó al viento para que acudiera en su ayuda. La repentina ráfaga que resultó de aquello le ayudó a ascender un poquito. Pero pronto dejó al viento detrás, flotando hacia arriba gracias a su propio poder.

—Desde luego sabe como usar la Máscara de la Levitación —admitió Kopaka de mala gana mientras observaba al sonriente Lewa subir hacia ellos.

Pohatu lanzó una mirada al Toa del Hielo. Debajo de toda su frialdad, Kopaka poseía un corazón justo.

Un segundo más tarde Lewa aterrizó junto a ellos.

—Una Kanohi Kaukau, tal y como se ordenó —dijo sin aliento, pasándole la máscara a Pohatu—. Quedarte bien espero yo, porque odiar tener que devolver.

Onua miraba con los ojos entrecerrados hacia las copas de los árboles. El sol brillaba en la selva tropical de Le-Wahi, tanto que le dolían los ojos por el esfuerzo de intentar ver a través de la claridad.

—¿Es esa? —preguntaron Gali y Tahu, de pie junto a él.

Gali asintió.

—Es una Kanohi Kakama —confirmó—. Parece estar atascada en un nudo de ese árbol, ahí cerca de la parte superior. Qué pena que el hermano Lewa no esté aquí, seguro que no le importaría hacer el mono por nosotros.

—Pues sí. Hermana, tú tienes la Máscara de la Levitación, ¿crees que podrías llegar hasta ella?

—Puedo intentarlo —Gali miró hacia arriba—. Todavía no he tenido mucho tiempo para practicar, pero si voy despacio…

Tahu dejó escapar un suspiro de impaciencia.

—Mira, no tenemos todo el día —dijo insolente—. ¿Por qué no lo hacemos de una forma más sencilla?

Y apuntó con su espada al árbol.

—¡Tahu, no! —gritó Gali.

Pero era demasiado tarde, las llamas escaparon de la espada de Tahu y envolvieron el tronco del árbol. En unos segundos el fuego había consumido el árbol por completo, reduciéndolo a un esqueleto negruzco que brotaba de una pila de cenizas. Lo único que permanecía intacto era la máscara. Había caído al suelo junto con un montón de rescoldos.

Onua frunció el ceño al recoger la máscara. *Prendería fuego a todo el bosque*, pensó observando como algunas llamas alcanzaban varios árboles colindantes.

A su lado vio a Gali haciendo gestos con los brazos. Poco tiempo después cayó una lluvia torrencial que apagó los distintos fuegos.

—Gracias —dijo Tahu, secando el agua de lluvia de su máscara—. No pensé que el fuego se extendería.

—Seguro que sí.

La voz de Gali sonaba tan distante casi como si fuera la de Kopaka.

—Imagino que tampoco pensaste en los pájaros que llamaban a ese árbol hogar o en las plantas y animales que buscaban su sombra. En otras palabras: no *pensaste*.

Dicho lo cual, Gali se dio la vuelta y se internó en la selva.

—¡Ahí! —Tahu exclamó triunfante mientras el Rahi al que había quitado la máscara desaparecía por la falda del Monte Ihu—. La Gran Máscara de la Respiración Acuática es mía. Y eso significa…

— …que todas las máscaras han sido encontradas— concluyó Kopaka en su lugar.

—Bien —abrevió Gali, sin apenas sonreír en respuesta a la evidente alegría de Tahu a medida que colocaba la Kanohi Kaukau sobre su cara y la superficie gris y sombría de la máscara comenzaba a emitir de repente un resplandor de color rojo.

Curiosamente a Kopaka le agradó notar que Gali y Tahu no parecían llevarse bien. Se preguntó qué es lo que había sucedido entre ellos, aunque no se le pasaba por la imaginación preguntárselo.

—Pasemos entonces a la siguiente pregunta —dijo Onua—. ¿Qué se supone que debemos hacer ahora?

Tahu se encogió de hombros.

—Ahora tenemos todos nuestros poderes —señaló—. Así que ocupémonos de eliminar a todos los Rahi. Ahora que sabemos cómo anularlos…

—Locura parecer a mí —interrumpió Lewa—. Los Matoran el secreto conocer ya. Con él de los Rahi capaces de protegerse han. Y yo temer que otras tareas han de aguardarnos.

En el rostro de Kopaka se dibujó una mueca de desaprobación ante el comentario del Toa del Aire. ¿Es que nadie era capaz de reconocer lo absurdo que resultaba confiar en las corazonadas y las premoniciones? Aunque al mismo tiempo no podía evitar acordarse de la visión que había tenido en la Laguna de Lava.

¿Tenía algún sentido o se estaba convirtiendo en un seguidor de quimeras como Lewa?

—Quizá nuestra próxima tarea tenga que ver con las Kanohi doradas que mi Turaga mencionó —dijo Gali—. ¿Alguien sabe algo más sobre ellas?

—Yo no —dijo Onua a la vez que los demás negaban con la cabeza—. ¿Qué te dijo exactamente?

—No mucho —Gali frunció el ceño, parecía asombrada y frustrada—. Supongo que tendremos que darnos la vuelta y preguntar. Todo lo que sé es que de alguna manera se supone que debemos encontrar esa máscara dorada.

Finalmente Kopaka intervino.

—Creo que sé dónde podemos encontrarla —dijo en voz baja.

Los otros le miraron sorprendidos.

—¿Uh? —dijo Tahu—. ¿A qué te refieres?

—Tuve una visión —declaró Kopaka—. Justo antes de que me encontraras en la Laguna de Lava, hermano Lewa. —Miró al Toa del Aire, que por una vez había dejado de saltar.— En ella vi un templo, un templo enorme en el centro de la isla. Creo que significa que debemos ir allí.

Tahu resopló.

—¿Y cuándo habías pensado revelarnos tu secreto?

—Acaba de hacerlo, Tahu —Gali señaló en voz queda—. Y no pasa nada. Hasta ahora no ha hecho falta que lo supiéramos.

Kopaka la miró, emocionado por el gesto de acudir en su defensa. *¿Es simplemente porque está molesta con Tahu sobre algo o por otro motivo?*, pensó.

De todas formas no pudo evitar dedicarle una sonrisa de agradecimiento.

—Se parece a lo que vi en mi visión —murmuró Kopaka en tono de sorpresa.

Los demás andaban ya profiriendo exclamaciones sobre el gran templo. Pero la mente de Onua pronto estuvo ocupada por cuestiones más prácticas.

—Mira —dijo, apuntando hacia los relieves de tamaño natural de los seis Toa que adornaban las paredes del templo. Los seis aparecían tal y cual eran excepto por la ausencia de las máscaras—. ¿Estás pensando lo mismo que yo?

—Sí, si lo que piensas es que nuestras máscaras encajarán a la perfección sobre esos rostros esculpidos —respondió Tahu quitándose su Kanohi

Kaukau y sujetándola sobre la figura que le representaba.

—¡Espera! —dijo Kopaka—. No malgastemos nuestros poderes a lo loco.

Tahu le dedicó un gesto de desaprobación.

—¿Quién dice que los estemos tirando? —le retó—. Fue tu visión la que nos trajo aquí. ¿Y ahora dices que estamos actuando a lo loco?

—Eso no es lo que quiero decir —dijo Kopaka.

Gali colocó una mano sobre el brazo de Kopaka.

—Tranquilo, hermano —dijo—. Creo que Tahu está en el buen camino…esta vez.

—Gracias, hermana Gali —Tahu le regaló una sonrisa—. Valoro tu apoyo.

Gali le respondió con otra sonrisa y Kopaka arrugó el ceño irritado. Fuera lo que fuera lo que había alterado a aquellos dos anteriormente, parecía que ya había pasado. Kopaka abrió la boca para mostrar su malestar pero algo le hizo parar.

Quizá no esté mal hacer esto por muy impulsivo que parezca, pensó. Después volvió a fruncir el ceño. *¿Qué estoy haciendo? ¿Me estoy transformando en Lewa o Gali, confiando en caprichos y sentimientos pasajeros?*

Tahu presionó su máscara sobre la cara de piedra de Tahu. Una vez que la máscara se fundió con la piedra, sacó su Kanohi Miru, y después sus otras máscaras colocándolas sucesivamente en el rostro en relieve.

Lewa y Pohatu siguieron la iniciativa de Tahu. Incluso Gali avanzó hacia su relieve con su Kanohi Akaku en mano.

Onua miró a Kopaka.

—Normalmente yo, como tú, estaría en contra de estas prisas por moverse —comentó—. Pero tengo la extraña sensación de que se supone que esto es lo que debemos hacer.

Kopaka asintió.

—Yo…yo también estoy empezando a tener esa sensación.

Aquello era suficiente para Onua. Había visto lo bastante como para saber que el Toa del Hielo no era alguien que tomara decisiones a la ligera… aunque no sin motivo.

Ambos caminaron hacia sus dobles. Onua sacó su Kanohi Kakama. Respirando profundamente la colocó sobre la cara de piedra del Toa. La piedra pareció absorberla y tragársela. Onua continuó alimentándola con sus máscaras. Pronto colocó la última sobre el relieve. Se fundió en él como las otras pero permaneció visible, tiñendo de negro la piedra. Sin la máscara el rostro de Onua se sentía extraño y vulnerable.

Durante un rato no sucedió nada. Onua sintió que se le encogía el corazón. ¿Acaso habían entregado sus Máscaras de Poder para nada? ¿Se trataba de una artimaña de Makuta?

Entonces se oyó un sonido, como de campanas mezcladas con carcajadas. Onua dio un grito de asombro al ver que una nueva máscara aparecía en el rostro de cada relieve… una Kanohi dorada brillando con luz y poder.

Onua levantó cuidadosamente la dorada Kanohi de la cara en relieve y la colocó sobre la suya. Retrocedió un paso al notar como que le atravesaban oleadas de poder. Entonces sonrió. Esta nueva máscara reunía todos los poderes de las otras seis… ¡sólo que era aún más fuerte!

—Así que esto era lo que realmente buscábamos —dijo Gali con voz de sorpresa—. Ahora sí tenemos el poder para llevar a Makuta…

Sus últimas palabras casi desaparecieron ahogadas por un poderoso estruendo salido de algún lugar profundo bajo la tierra. Los Toa retrocedieron a la vez de un salto, cuando el suelo comenzó a temblar y a crujir bajo sus pies.

Un abismo se abrió delante de ellos, justo en medio del área principal del templo. Se convirtió en un túnel de dos largos de ancho.

Entonces todo paró. La tierra dejó de temblar, como si nada hubiera pasado.

Los Toa miraron el agujero del suelo. Después se miraron los unos a los otros. Hubo un momento de silencio.

Finalmente Onua habló.

—Vamos —dijo avanzando hacia el túnel—. Imagino que es mejor ver a donde nos lleva.

11

EN LA OSCURIDAD

A medida que los Toa se abrían paso por el túnel el corazón de Lewa latía con fuerza ante lo que les deparaba lo desconocido. Pero tras tanta confusión e incertidumbre era todo un placer tener por fin un plan.

Seguir túnel, pensó. *Encontrar a Makuta. Destruir Makuta. Bastante sencillo parecer...*

El túnel, cada vez a mayor profundidad, serpenteaba describiendo multitud de recodos subterráneos. La espada de Tahu brillaba lo suficiente como para iluminar su camino, aunque negras sombras les acechaban.

En un momento dado, al torcer una esquina, Tahu no pudo contener un grito.

—¡Deprisa! —exclamó—. Creo que lo hemos encontrado.

—¿Cómo? —Lewa avanzó deslizándose hasta detenerse más allá de aquel punto.

Estaban en una caverna ancha y larga. En las paredes gruesos paneles de piedras de luz iluminaban con un brillo tenue e inquietante el lugar. Al fondo, una puerta de hierro inmensa ocupaba la mayor parte de la pared. Había más pasadizos que salían en distintas direcciones a lo largo de los lados de la cueva, pero Lewa no dedicó un solo minuto a mirarlos. Sus ojos estaban fijos en la gigantesca puerta.

—Eso es —susurró llevado por el asombro—. Encontrar hemos ahí a Makuta.

Nadie contestó, pero sentía que todos coincidían. Tahu agarró su espada con fuerza.

—Muy bien —dijo—. Si está ahí, vayamos a por él.

—Tahu, espera —protestó Pohatu—. No podemos actuar sin un plan o...

¡SKRIIIIII!

Un sonido agudo llenó la habitación. Parecía proceder de una criatura salvaje. Al girar Lewa descubrió un par de monstruos Rahi que salían de dos pasillos laterales. Eran inmensos, anchos y rechonchos pero sorprendentemente rápidos. Sus poderosos brazos terminaban en pinzas de aspecto peligroso.

—¿Qué es eso? —Preguntó Pohatu.

Lewa dio un grito entrecortado al reconocer a las criaturas que había descrito un Turaga.

—Manas. Manas recordar su nombre ser.

—No son más que Rahi —gritó Tahu blandiendo su espada de fuego—. Nada que no podamos controlar. Vamos.

Lewa dudó. El Turaga le había advertido de que ningún Toa podía enfrentarse a los Manas. Pero quizá juntos…dio una voltereta en dirección a una de las criaturas y aterrizó sobre su espalda. La agarró e intentó darle la vuelta, pero era más grande de lo que pensaba y le apartó sin dificultad.

—¡Uf! —resopló al aterrizar bruscamente sobre el suelo de piedra.

De un salto volvió a la lucha uniendo sus fuerzas a las de Tahu y Onua que batallaban ferozmente con el otro Manas. Pohatu pasó a su lado deteniéndose el tiempo suficiente para susurrar algo al oído de Lewa.

—Gali ha preparado una trampa —dijo—. Ayúdame a llevar a los Manas hacia ese pequeño túnel que hay ahí detrás.

Lewa asintió. Pohatu dejó escapar un alarido y salió corriendo hacia la cueva. Lewa saltó hacia delante y golpeó al Manas que estaba más cerca en la concha que tenía como espalda antes de alejarse dando una voltereta.

—¡Atrapar a mí si puedes, bichejo! —le retó.

El Manas se paró y giró hacia él. Pero entonces volvió a prestar atención a Onua, a quien amenazó abriendo sus letales garras.

—¡Por aquí, hermano! —gritó Lewa haciéndole gestos a Onua con sus brazos—. Corre en esta dirección.

Onua consiguió zafarse de las acometidas de la criatura y correr hacia Lewa.

—¿Qué sucede, hermano? —le preguntó apenas sin aliento.

—Un plan —le dijo Lewa—. Vamos, dirigirlos en esta dirección necesitamos nos.

A escasa distancia, comprobó que Kopaka hacía cuanto podía para atraer al segundo Manas hacia el mismo lugar. Blandiendo su espada de hielo hacia su contrincante haciendo gala de una enorme sangre fría: cada vez que el Manas le acosaba retrocedía unos cuantos pasos. A su lado, Gali servía de distracción las veces en que la criatura parecía ganarle la batalla al Toa del Hielo.

Poco a poco, los seis Toa condujeron a los Manas hacia el túnel. Lewa echó un vistazo detrás de él y vio el agua que manaba de la boca de la gruta. No conocía los detalles del plan, pero se los podía imaginar.

Si lograr que este par de monstruos atrapados quedar ahí, la hermana Gali invocar poder de las aguas para arrastrarlos, pensó. *Entonces poder bloquear con piedras el túnel y volver a Makuta buscar.*

Lewa sentía que su cuerpo temblaba impaciente por ponerse en movimiento pero se esforzó por esperar. Tenían que actuar juntos o el plan fracasaría.

Cuando Gali habló sólo pronunció una palabra.

—Ahora —dijo.

Los Toa actuaron todos a una. Lewa, Tahu, Pohatu y Onua echaron a correr saltando al lado o por encima de los dos Manas logrando así que las criaturas quedaran entre ellos y el túnel. Mientras tanto, Gali pasó corriendo cerca de la entrada de la caverna y entonces las aguas de su interior comenzaron a agitarse.

Pero, ¿qué hacer nuestro hermano de hielo? Se preguntó Lewa al ver que este esgrimía su espada frente a ellos haciéndoles retroceder.

Enseguida lo comprendió. A medida que el agua de la entrada del túnel se vertía en el suelo de la caverna, Kopaka la congelaba con su espada de hielo. Al instante una resbaladiza superficie de hielo cubrió gran parte del suelo que quedaba entre los Manas y el túnel. Una vez que las criaturas llegaran al hielo, sería más fácil hacerlas caer en la trampa de agua.

—¡Ya casi estamos! —Gritó Tahu—. ¡Vamos, hermanos! ¡Acabemos de una vez!

Lewa volvió a saltar hacia delante, balanceándose delante del Manas que le quedaba más cerca. La criatura bufó furiosa, contraatacando con una precisión letal. Sus garras alcanzaron al Toa del Aire en un hombro empujándolo con violencia hacia atrás.

Sin hacer caso al dolor que sentía en el hombro, regresó a la acción. El Manas dio un paso hacia atrás, después otro…hasta que finalmente tocó el hielo.

—¡Empuja! —le gritó Tahu, arrojándose a la criatura. Para entonces Kopaka se había unido a los luchadores y cinco de ellos intentaban arrinconar a los dos Manas, empujándolos hacia el túnel de Gali.

Lewa veía como las garras de las criaturas no dejaban de clavarse en sus camaradas, él mismo sintió golpes fortísimos en su propio cuerpo. Pero hizo caso omiso al dolor. Todo cuanto importaba era el plan....

Los Manas corrían resbalándose por el suelo, dirigiéndose derechos hacia el túnel.

—¡Vamos! —gritó Tahu, apuntando con su espada de fuego al suelo para derretir el hielo que ahora quedaba entre los Toa y su víctima—. No les dejéis escapar.

Pero antes de que los Toa pudieran llegar a los Manas para darles un último empujón hacia la caverna, las dos criaturas parecidas a cangrejos se volvieron la una hacia la otra. Emitiendo un bufido atronador, ambas sacaron sus garras, entrelazándolas hasta que parecieron fundirse en una criatura aún más enorme.

—¡Oh, no! —exclamó Onua—. ¡Míralas, ahora son demasiado grandes como para entrar en el túnel!

—Se han aliado —dijo Kopaka abatido—. No creía que los Rahi fueran capaces de una inteligencia semejante.

Pohatu negó con la cabeza.

—Estas criaturas Manas no son un Rahi cualquiera.

Lewa entró de nuevo en acción.

—Aún nuestro plan no estar acabado —gritó—. Si yo poder separarlos he.

Sin esperar una respuesta, Lewa dio una voltereta hacia delante y fue a chocar de cabeza en la maraña de garras que mantenía a los Manas juntos.

Las criaturas dejaron escapar un enardecido bufido. Los dos a la vez desprendieron sus garras para golpear a Lewa que salió volando hacia la cueva hasta estrellarse contra la pared y caer desplomado y aturdido.

Al ponerse en pie, vio al par de Manas volver a salir de la entrada del túnel que seguía siendo demasiado pequeña. Habían logrado salir de lo que quedaba del hielo demasiado pronto y ahora estaban sobre el suelo seco. Allí, se separaron y volvieron a encarar a los sorprendidos Toa.

Rahi común no ser, pensó Lewa al ver como la pinza del Manas le propinaba un soberano porrazo a Tahu estrellándole contra el muro. *En absoluto Rahi común ser.*

EL PODER DE LOS SEIS

Kopaka vio a Tahu volar por los aires hasta chocar contra la pared. Mientras el Toa del Fuego se recuperaba del golpe Kopaka le defendía apuntando con su espada de hielo al Manas que acechaba al abatido Toa. El suelo que había delante de la criatura volvió a convertirse en hielo lo cual sirvió para retrasarla lo suficiente como para que Lewa dando una voltereta se hiciera con Tahu sacándole de allí.

—Esto es ridículo —gritó Gali mientras se defendía del segundo Manas—. ¡Son demasiado fuertes! Es mejor que nos retiremos.

—¡Eso nunca! —bramó Tahu con voz ronca pero decidida—. Debemos permanecer juntos. ¡Juntos les venceremos!

Kopaka parpadeó, preguntándose por qué las palabras de Tahu habían despertado un recuerdo alojado en su memoria. *¿Dónde he oído algo parecido antes?*

Miró hacia Gali y vio que ésta le estaba observando.

—¿Qué ocurre, hermano? —preguntó—. ¿Sabes una cosa? Creo que sé…Tuve una visión. Me reveló que algo ocurriría después de encontrar todas las Máscaras de Poder. Que necesitaríamos… unirnos.

Kopaka dudó. ¿Podía ser?

Las palabras de su visión resonaron:…*contempla el futuro…tú y los demás…todas las Grandes Máscaras de Poder…juntos y vencer…tres se convertirán…el camino de la sabiduría…yo mismo, Akamai…el guerrero…sólo uniéndoos…*

—Creo que tuve la misma visión —admitió por fin—. No lo comprendí en su momento.Todavía no lo entiendo del todo.

—¿No lo ves? —Gali le miró fijamente a los ojos, casi parecía haberse olvidado de los Manas que seguían hostigando a los otros Toa—. Me dijeron que tres se convertirían en Wairuha y caminarían por la senda de la sabiduría.Tres se convertirían en Akamai y avanzarían por la senda del guerrero. Sólo uniéndose los Toa encontrarían la fuerza para vencer.

Kopaka negó con la cabeza.

—No —dijo—. No tiene sentido. ¿Cómo podría ocurrir semejante cosa?

—Intuyo que sucederá si queremos que sea así —respondió Gali en voz baja. Contempló por un instante la batalla que continuaba desarrollándose detrás de ellos.

—Estoy pensando que en realidad lo que *quiero* es algo que nos sirva a todos. ¿Y tú?

Kopaka se quedó mirándola. ¿Cómo podía querer él semejante cosa? Tres convertidos en uno, significaría renunciar a su propia individualidad. ¡No! Imposible....

¿O no? ¿Acaso no he descubierto que a veces mis poderes se quedan cortos? Pensó a su pesar. *¿Acaso no he deseado a veces que los otros estuvieran conmigo?*

Gali le estaba mirando todavía.

—Unidad, deber, destino —le recordó—. Reflexiona sobre esas palabras, hermano. ¿Crees en ellas?

—Sí —dijo Kopaka finalmente—. Sí. Ahora mismo no es que me gusten mucho pero creo en ellas.— Respiró hondo—. Hagámoslo.

—¡Hermanos! —Gritó Gali—. Necesitamos retirarnos... no por mucho tiempo.

Pohatu y Onua se miraron. Acto seguido, combinando los poderes de ambos, hicieron caer parte del techo para levantar un muro de escombros justo delante de los Manas.

—No creo que los frene durante mucho tiempo —dijo Pohatu apenas sin aliento—. ¿Y ahora qué?

Gali describió rápidamente la visión que había tenido.

—Necesitamos unirnos —concluyó—. Unir nuestros poderes. Es la única posibilidad para vencer.

Los demás asintieron.

—Llegados a este punto —dijo Tahu— me atrevo a intentar cualquier cosa.

Como si fuera parte de uno de sus sueños, Kopaka se movió hacia Gali y Lewa. A su lado Tahu se dio la vuelta para mirar a Pohatu y a Onua. Agrupados de tres en tres los Toa se miraron a los ojos… y se transformaron en uno.

13

LOS TOA SE UNEN

Los dos Toa Kaita eran un contrincante digno de los poderosos Manas y esta vez la batalla se desarrolló con más fiereza que nunca.

Akamai rechazó a uno con una serie de poderosos golpes.

—¿Cómo? ¿Te quieres escabullir como si fueras un diminuto insecto Hoto? —exclamó lanzando una gran risotada.

—No les provoques, Akamai —le advirtió Wairuha—. Recuerda que no son siervos de Makuta por voluntad propia. Acabemos cuanto antes.

Apenas habían salido de su boca estas palabras cuando uno de los Manas se abalanzó sobre él. A pesar de su enorme fuerza, el golpe mandó a Wairuha tambaleándose hacia atrás unos pocos pasos. El enemigo le atacó con sus pinzas. Sin embargo, empleando toda la fuerza de la que era capaz, Wairuha logró liberarse del Manas y lanzarlo contra el muro.

El Manas cayó sobre la piedra con un golpe seco. Pero se recuperó enseguida y regresó rápidamente a la lucha.

Wairuha respiró profundamente y le plantó cara al Manas que corría hacia él. Sintió como sus poderes, del hielo, del agua y del aire, se adueñaban de él y se unían en una sola fuerza. Un poco después se desencadenó una tormenta de nieve en la caverna.

Akamai también había aunado sus poderes. Un cráter gigantesco explotó en el suelo de la caverna, lanzando piedra, tierra y lava en todas las direcciones. Otro cráter apareció y otro hasta que los Manas quedaron atrapados en una isla de suelo sólido rodeado de un foso de lava hirviendo.

Wairuha concentró su energía sobre la ventisca para controlarla. Utilizó cuanto tenía: lógica, instinto e impulso a la vez. Pronto logró concentrar el poder de la tormenta en un rayo único de pura energía fría.

Lo dirigió contra los atrapados Manas. A medida que el rayo pasaba sobre ellos las criaturas se iban congelando.

—Buen trabajo, hermano —dijo Akamai—. Pero me temo que matarlos costará algo más.

Wairuha se iba aproximando al foso de lava.

—No hay motivo para matarlos, hermano —dijo. Dando un salto acrobático cruzó el foso y se quedó junto a los congelados Manas—. Necesitaré tu ayuda para quitarles estas máscaras.

Akamai asintió y saltó también por encima del foso. Tocando con un dedo la máscara de uno de los Manas, derritió en un momento el hielo que la rodeaba. Wairuha tiró de ella y la dejó caer sobre la lava. La máscara se hundió despareciendo de la vista.

El Toa Kaita se volvió hacia el otro Manas, repitiendo el proceso. Enseguida ambos Manas estuvieron libres de las máscaras que les controlaban.

—Ahí está —Wairuha dijo, volviendo a saltar sobre el foso de lava—. Misión cumplida.

—No del todo.

Akamai se dobló y tocó el suelo situado al borde del foso de lava. Se oyó un ruido sordo, los bordes se deslizaron uno hacia el otro, cerrando el foso y ocultándolo como si nunca hubiera existido.

Wairuha miró a su alrededor. Salvo por las formas congeladas de los Manas, la cueva parecía vacía y en paz, como cuando llegaron los Toa.

—Nuestro trabajo está terminado —dijo—. Y ahora…

Sintió que se le iba la cabeza como si estuviera a punto de dormirse. Cerró los ojos…

Tahu abrió los ojos. *¿Realmente soy yo?* Se preguntó.

Sí. Era de nuevo él. Ser parte del Toa Kaita Akamai había sido electrizante, pero resultaba agradable recuperar la mente y la voluntad.

Al mirar alrededor, vio que los demás Toa estaban a su lado. Todos parecían tan asombrados como él.

Lewa fue el primero en hablar.

—Bien —dijo, estirándose y doblándose—. Una sensación única ser.

A Gali se le escapó una carcajada.

—Hermanos —gritó, abriendo los brazos—. ¡Lo logramos! Hemos sido parte de algo mayor y hemos hecho lo que nunca pensamos que llegaríamos a hacer.

14

FUERA DE LAS SOMBRAS

—¡Mirad! —gritó el Toa Lewa señalando la enorme caverna subterránea—. Los Manas descongelarse están. Cuando Makuta ver sus criaturas correr para salvar sus vidas, venir ha a nuestro encuentro.

Pohatu miró hacia donde estaba señalando el Toa del Aire. Él y los otros cinco Toa observaron como los Manas, desprovistos de su máscara, se liberaban de la celda de hielo que había creado para ellos el poder del Toa Kaita Wairuha y se internaban presurosos en la oscuridad del túnel cercano.

Había sido una victoria difícil para los Toa. Un momento digno de celebración. Sin embargo, Pohatu encontraba imposible relajarse y disfrutar. Cualquier cosa, el ruido de una piedra al chocar contra otra, el más leve temblor en el suelo rocoso, le anunciaba que algo más estaba por venir.

El Toa de la Tierra pensaba de manera parecida.

—No estoy seguro de que hayamos vencido realmente al Gran Maligno —advirtió solemne a Lewa—. Aunque estos Manas eran poderosos, no se trataba más que de guardianes. Makuta...

—¿Qué es eso? —Interrumpió Gali. El Toa del Agua estaba mirando fijamente hacia la caverna—. Algo se ha movido ahí dentro. Onua ¿Puedes verlo?

Kopaka miró en la oscuridad a la vez que los demás, empuñando inquieto su espada de hielo.

Plock, plock.

Había agua cayendo en algún lugar lejano. ¿O era cerca? Aquí abajo era difícil de decir.

—¿Ver algo alguien? —Susurró Lewa rompiendo el silencio.

—Shh —Gali le mandó callar—. ¿Lo oyes...?

¡CREEEAAAAAAAAAAK!

Un extraño sonido estalló en la cueva llenándolo todo.

—*Toa...*

Pohatu se dio la vuelta. ¿De verdad había oído ese suspiro?

—*Toa...*

—¿Quién es? —Inquirió Tahu en un alarde de atrevimiento—. ¿Quién está ahí? ¡Da un paso adelante y revélate ahora mismo o sufre la ira del Toa Tahu!

Una carcajada burlona resonó por la cámara subterránea.

—¿Cómo no? —dijo entre dientes una voz grave y envolvente. Parecía proceder de ningún lugar y de todas partes a la vez—. Toa Tahu, con un corazón de fuego y un carácter como no hay otro igual. ¿A qué temperatura echarías a arder?

Makuta. Sin saber cómo en la mente de Tahu se dibujó su nombre.

Así que este era el Oscuro al que llevaban buscando durante tanto tiempo.

Algo se movió en uno de los túneles que salían de la gran cámara central. Tahu no perdió un solo segundo en saltarle encima y golpear con todas sus fuerzas. Pero su espada de fuego no encontró más resistencia que la que ofrecía el aire.

—¡Espera! —Gritó Pohatu, aunque era demasiado tarde—. Tahu, espera un momento. Todavía no sabemos a qué nos enfrentamos.

Una vez más, una carcajada llenó por completo la estancia.

—Ah, y este debe ser el famoso Toa Pohatu, el de la mente como una piedra —susurró la misteriosa voz—. Siempre preparado para esperar, observar y cavilar, aunque Mata Nui se esté hundiendo a su alrededor.

—Es muy fácil burlarse de nosotros desde las sombras —dijo sin alterarse Onua avanzando hasta el centro de la cámara—. Pero tus palabras no nos vencerán jamás.

—Sin duda —respondió la voz suavemente—. Pero no me importa lo más mínimo dado que sólo tengo que sentarme y esperar para ver como os derrotáis a vosotros mismos.

Confusa, Gali esperó a oír más. Pero la voz se había desvanecido, como si nunca hubiera estado allí.

—¿Qué quiere decir? —Preguntó Lewa, rompiendo el silencio.

Antes de que Gali pudiera responder alcanzó a ver un movimiento con el rabillo del ojo. Al darse la vuelta para mirarlo, vio una figura oscura que corría hacia Tahu, empuñando una espada de aspecto asesino.

15

TOA CONTRA TOA

—¡Tahu! ¡Cuidado!

El Toa de Fuego se dio la vuelta justo a tiempo para rechazar el ataque con su espada. La cara de su contrincante quedaba escondida detrás de una máscara ennegrecida y llena de agujeros, y un humo negro salía de su espada.

Tahu le rechazó lo mejor que pudo. Canalizó el poder de su llama a través de su espada de fuego, apuntando con ella hacia el suelo, justo debajo de su atacante. En un instante se transformó en cristal y no tardó en romperse con el peso del enemigo que cayó en picado desapareciendo.

Pero antes de que Tahu hubiera tenido tiempo de sonreír, el desconocido saltó fuera del hoyo.

—Lamento acabar con tus ilusiones —dijo con una voz vibrante y entrecortada—, pero será necesario algo más que eso para librarse de mí.

Aquellas palabras sólo lograron que Tahu se pusiera aún más furioso. Disparó llamas calientes de color blanco con su espada, pero sus movimientos eran demasiado rápidos, poco cuidadosos, dieron en los muros y sobre las rocas de la caverna hasta que saltaron chispas en todas direcciones, que terminaron cayendo sobre los demás Toa.

—Ten cuidado, Tahu —volvió a decir su adversario— no vayas a perder el control de tus llamas.

Tahu apretó los dientes.

—Ahora verás lo mucho que te va a gustar mi fuego —bramó.

Apuntó su espada al suelo de piedra de la caverna. Con el fuego que salía del final fundió la roca y la transformó en lava hirviente y luminosa.

—¡Hermano Tahu! —La voz de Onua sonaba distante, casi perdida entre el sonido burbujeante de la lava hirviendo—. ¡Ten cuidado con lo que haces o nos pondrás en peligro a todos!

El misterioso oponente de Tahu saltó de su roca y se deslizó por la lava hirviente. Su sonrisa era aún más evidente.

—Vamos, ríndete a la llama —susurró—. Deja que te consuma a ti y a todo lo que amas, sé que puedes sentirla ardiendo en tu interior.

Tahu dio un grito ahogado, asombrado de su propia cólera. ¿Qué clase de enemigo era este? Miró alrededor en busca de ayuda y vio que cinco atacantes más habían aparecido de repente de entre las sombras y que cada uno de ellos se acercaba a un Toa diferente....

No muy lejos, Gali se enfrentaba con otro enemigo misterioso. La forma del desconocido se parecía a la suya, pero en lugar del azul limpio del mar, su cuerpo tenía el color pardusco de la marea negra.

—¿Quién eres? —Alcanzó a decir Gali a la vez que soltaba una gran ola de agua sobre su atacante.

El atacante dejó salir una risotada. Parecía no sentirse afectado por aquella inundación. —¿Quién soy? —preguntó—. ¿Tan ciega está la sabia y previsora Gali? Soy...tú.

Pohatu saltó sobre una enorme roca justo a tiempo de evitar que le llevara la corriente desatada por Gali.

—¡Eh! —gritó, su naturaleza agradable alterada por el miedo que sentía—. ¡Gali procura no luchar con tus amigos y con tu enemigo a la vez!

A su oponente se le dibujó una sonrisita en la cara.

—Y a esto se reduce el trabajo en grupo —dijo con una voz grave—. Así es como tus amigos pagan tu lealtad. Le hace a uno preguntarse por qué debería uno preocuparse por los amigos, ¿verdad?

—En absoluto.

Pohatu saltó al suelo e inmediatamente golpeó con su espada la roca que se quebró en cientos de fragmentos que salieron volando, proyectándose desde la pared sobre el misterioso atacante. El desconocido reía mientras esquivaba los proyectiles.

—Qué pena, Pohatu —le provocaba—. Menos mal que no esperabas nada en pago por tu lealtad a los amigos. Porque ahora que ha llegado la hora de la verdad te han dejado sólo para que pelees conmigo.

A Lewa le estaba resultando difícil concentrarse en su propia batalla. En primer lugar por poco se cae al dar una vuelta en el estanque de lava que ahora parecía cubrir la mitad de la cueva. Después una corriente de agua lo había arrasado todo.

—¡AI-AI-AI-AI-AI! —chilló, dando una vuelta en el aire sobre las armas de su enemigo y saliéndose del camino de roca.

¡CRRRRAAAAAACK!

La caverna se estremeció al golpear la roca contra la pared. Lewa miró esperanzado hacia atrás esperando que su oponente estuviera atrapado.

—¿Me buscabas, Toa del Aire?

¿Qué criatura ser, este desconocido oscuro capaz de esquivarlo todo? Lewa se preguntaba a medida que saltaba para zafarse de otro golpe. *Se parece a mí... pero no es como yo.*

Se fijó en la máscara agujereada del extraño, ennegrecida como cubierta de un moho sucio y abundante. La piel de debajo era verde, del verde pálido de una hoja enferma.

Tambaleándose fuera de su alcance y levantando sus brazos, Lewa concentró sus energías en el aire que le rodeaba. Enseguida un torbellino se levantó dentro de la caverna. Levantó al enemigo de Lewa y el Toa del Aire rió satisfecho.

Pero su oponente también rió ya que era capaz de desplazarse con facilidad por las corrientes y pronto aterrizó junto al Toa.

A Kopaka no le había llevado mucho tiempo darse cuenta de lo que estaba pasando, Makuta había creado estas versiones de sombras de los Toa para desafiarles allí donde los Manas y todas sus criaturas habían fallado.

Y de momento el plan parecía funcionar.

Kopaka luchaba con denuedo. Ni él ni su enemigo estaban gastando energías en palabrería. Kopaka vio como su frustración crecía al ver que sus movimientos eran correspondidos con idéntica precisión.

Esto no funciona, pensó. *Tiene que haber otra forma de hacerlo…*

—Esto te templará —musitó.

Tocó el suelo con su espada de hielo y concentró su energía. De manera instantánea el suelo de la caverna quedó convertido en una sólida capa de hielo.

Al hacerlo, Kopaka se dio cuenta de que había calculado mal. Su enemigo sonrió mientras se deslizaba por el hielo, moviéndose más grácil y con más control que nunca.

—Veo que acabas de reconocer la fría y cruda realidad —suspiró en una voz tan cortante como un carámbano.

Onua movió la cabeza en un intento de concentrarse para poder pensar. Ya había intentado superar a su enemigo empleando todas sus fuerzas pero su poder igualaba el suyo. Había intentado atraparlo acorralándole entre los muros de la caverna y derribando el túnel sobre él, pero la criatura había logrado salir de allí excavando.

No podemos seguir así, pensó desesperado.

Precisamente en ese momento las criaturas estaban en un punto muerto, empatados con sus enemigos. Pero si al menos uno cayera, significaría el final de todos ellos.

Sintiéndose extrañamente desesperado, el Toa de la Tierra golpeó el suelo que estaba delante de él con todas sus fuerzas. La tierra tembló bajo semejante golpe, haciendo que toda la caverna se estremeciera y enviando una tormenta de rocas y de tierra sobre todos los luchadores.

Onua se sintió que la frustración se apoderaba de él al ver que mientras los demás Toa habían sido derribados, sus adversarios simplemente saltaban sobre la tierra removida y se abalanzaban para continuar la batalla.

16

UNIDAD, DEBER, DESTINO

Kopaka golpeó el suelo con fuerza a la vez que la tierra empezaba a temblar debajo de sus pies. Enseguida tuvo a su enemigo encima.

Consiguió bloquear el ataque con su escudo y levantar su espada de hielo. Si sólo apuntara...

¡SKRIIIIIIIK!

Kopaka sonrió al ver que su enemigo se había quedado congelado en el sitio. Kopaka le envió congelado, deslizándose por el hielo, hasta chocar con uno de los muros de la caverna. La criatura se rompió en mil pedazos de hielo.

Y cada uno de los pedazos de hielo se transformó en un nuevo enemigo.

No muy lejos de él, Onua dio un grito ahogado al descubrir el apuro en el que estaba Kopaka.

Esto va mal, Onua pensó impotente, esquivando otro golpe de su enemigo. *¿Cómo puedo luchar con-*

tra alguien que se parece tanto a mí? ¿Cómo puede hacerlo alguno de nosotros?

Parpadeó en el momento en que la respuesta a su pregunta se hizo evidente. ¡Por supuesto!

—¡Escuchad! —gritó—. Hay algo que estamos haciendo mal. ¡No podemos esperar vencer a nuestros dobles, pero por eso mismo somos un equipo!

Le hubiera gustado decir más pero no tuvo la oportunidad de hacerlo: tuvo que echarse a un lado para evitar otro golpe del arma de su oponente.

Pohatu escuchó las palabras de Onua, pero no pudo responder. Estaba demasiado ocupado rechazando a su adversario. Pero en lo más profundo de su mente, consideró el plan del Toa de la Tierra y llegó a la conclusión de que tenía razón.

—¿A quién vas a engañar? —le increpó su adversario sin piedad, como si estuviera leyendo sus pensamientos—. No van a luchar *por* ti, Toa de la Piedra, ni siquiera *contigo*. Utilizarán tu fuerza para salvarse a sí mismos y después te dejarán atrás.

—No —dijo Pohatu con firmeza desplazando todas sus fuerzas a una pierna para darle una patada a otro trozo de roca. Su enemigo cayó hacia atrás para evitar la metralla de piedra, pero en lugar de aprovechar la ventaja, Pohatu se giró y rápidamente recorrió con la mirada toda la caverna.

Vio al Toa del Fuego intentando desesperadamente librarse de una sarta de golpes con su espada de fuego.

—¡Tahu! —gritó Pohatu—. ¡Retrocede!

Reuniendo toda su energía, saltó hacia arriba y golpeó el techo de la cueva con un poderoso puñetazo. Aprovechando que los pedazos se rompían y caían, Pohatu los dirigió derechos contra el adversario del Toa del Fuego.

—¡Aaaaaaaah! —gritó el desconocido humeante, levantando los brazos para protegerse. Salieron llamas de su espada, pero no sirvieron de nada. No podían fundir las piedras con suficiente rapidez. En unos segundos estuvo enterrado bajo una montaña de escombros.

Tahu miró a Pohatu sorprendido.

—¿Para qué hiciste eso? Estaba a punto de…

—No importa —Pohatu gritó, volviéndose para defenderse de su atacante—. ¡Ayuda a Gali!

Tahu miró por encima de su hombro y vio que el Toa de Agua estaba en el suelo al borde del estanque de lava, su enemigo avanzaba hacia ella.

—¡Gali! —gritó Tahu—. ¡Aguanta un poco, voy hacia allí!

—¡Tahu! —gali dijo casi sin aliento—. ¡No lo hagas, esta cosa es demasiado fuerte!

Pero Tahu no dudó. Justo cuando la Sombra de Gali daba la vuelta para mirarle, apuntó con su espada de fuego. Calor y llamas salieron del estanque envolviendo al enemigo que comenzó a dar alaridos de espanto.

En todas direcciones salía tanto vapor que era imposible verle. Al desaparecer, no quedaba de la Sombra de Gali nada más que un charco en el suelo de la caverna.

La derrota de dos de las sombras enemigas dio a los otros Toa fuerzas renovadas para conseguir su propósito. Gali volvió a formar una corriente de agua y la lanzó hacia la Sombra de Onua. Esta gritó desesperada a medida que el agua penetraba en ella, erosionándola y reduciéndola a un puñado de arena.

La distracción le dio a Onua la oportunidad de ayudar a Lewa. Al ver que el enemigo del Toa del Aire estaba dando una voltereta en el aire a demasiada altura, Onua invocó a la tierra que quedaba bajo sus pies para que se levantara y atrapara al enemigo en una columna de tierra y piedra tan alta como el techo.

Liberado de su enemigo, Lewa vio que sólo Kopaka y Pohatu seguían siendo atacados.

Mientras que Pohatu conseguía resistir al suyo, los fragmentos de hielo resultantes del enemigo tenían a Kopaka rodeado.

—¡Ya voy! —chilló Lewa, dando vueltas por el aire en dirección a la gélida batalla—. ¡Kopaka! —gritó—. ¡AL SUELO!

El Toa de Hielo miró asombrado, pero se lanzó al suelo. Medio segundo más tarde, un torbellino rugía a su alrededor, atrapando a los soldados de hielo y dándole vueltas sin parar a gran velocidad.

Los soldados de pedazos de hielo chocaban los unos sobre los otros sin descanso. En poco tiempo se desintegraron en diminutas virutas de hielo.

—Mal movimiento —dijo Kopaka sobriamente—. ¿Qué pasaría si todos se convirtieran en enemigos de nuevo?

—Ningún problema —dijo Tahu, apuntando con su espada de fuego los cristales de hielo. En unos segundos, se habían derretido y evaporado transformándose en vapor.

—¿Chicos? —Gritó Pohatu que apenas podía respirar—. Um, hey, ¿alguien quiere echarme una mano aquí?

El Toa de la Piedra estaba todavía intercambiando golpes con su Sombra.

—Ups —exclamó Lewa.

—Yo me ocuparé —dijo Kopaka—. Atrás.

Respirando profundamente, el Toa del Hielo envió una ráfaga heladora, que congeló el área alrededor de Pohatu transformándola en una plancha de hielo. La Sombra de Pohatu se deslizó por ella y fue a parar al estanque de lava en donde se hundió con un gorgoteo.

Glup. Glup. Glup.

Una vez más la cueva estaba casi en silencio. Los Toa se quedaron de pie durante un buen rato mirándose los unos a los otros. Después, también todos a la vez, cayeron rendidos en el suelo.

Tras recuperar el aliento, Tahu se incorporó y miró a Onua que estaba contemplando a los demás pensativo.

—¿Qué estás pensando, hermano? —Preguntó al Toa de la Tierra. Onua sonrió, aunque había una pizca de cansancio en su mirada.

—Pienso —confesó—, que hemos ganado una batalla importante y de la que podemos estar orgullosos. Pero todavía quedan más cosas por venir.

Tahu asintió, su sonrisa se desvaneció al empuñar con más fuerza aún su espada de fuego. Sí, Onua estaba en lo cierto. Podía sentirlo, ardía en su mente como un sueño que sólo recordaba a medias. Había mucho más por venir.

Los discos de poder
Aventuras #2

ISBN: 84-9763-248-6
Págs: 128
PVP: 4,95 •
Febrero 2006

Los Toa están buscando los Discos de Poder. Sin ellos, puede que nunca sean capaces de derrotar a las Morbuzakh que están destruyendo Metru Nui. ¿Tendrán éxito en su búsqueda? ¿O serán traicionados de forma inesperada?

Las profundidades de Metru Nui
Aventuras #3

ISBN: 84-9763-249-4
Págs: 128
PVP: 4,95 •
Marzo 2006

Los Toa Metru se adentran en los Archivos de Metru Nui que contienen muchas extrañas y peligrosas criaturas. Pero una fuga de protodermis amenaza con destruirlos. ¿Sabrán reconocer a su nuevo enemigo? ¿O serán derrotados uno a uno en las profundidades de Metru Nui?

Leyendas
de Metru Nui
Aventuras #4

ISBN: 84-9763-250-8
Págs: 128
PVP: 4,95 •
Marzo 2006

Los Toa son traicionados. Tres de ellos son arrestados. En prisión conocen a un misterioso extranjero que les ayuda a escapar y les enseña más sobre sus nuevos poderes. El resto de los Toa son obligados a huir a través de la ciudad. ¿Podrán los Toa reunirse y derrotar a sus nuevos enemigos?

La Amenaza
de los Bohrok
Crónicas #2

ISBN: 84-9763-259-1
Págs: 128
PVP: 4,95 •
Mayo 2006

Finalmente los Toa han permanecido juntos como un ejército del bien. Pero ¿serán suficientes su poderes para derrotar a los esbirros de Makuta? Las hordas Bohrok avanzan arrasando la tierra, y sólo los Toa pueden pararlas. ¿Será está carga muy pesada para los Toa?

AVENTURAS

CRÓNICAS